Gisbert Greshake
Römisches Gift

Bibliografische Information der Deutschen Nationalbibliothek:
Die Deutsche Nationalbibliothek verzeichnet diese Publikation in der Deutschen Nationalbibliografie, detaillierte Bibliografische Daten sind im Internet über dnb.dnb.de abrufbar.

© 2021 Gisbert Greshake
Herstellung und Verlag: BoD – Book on Demand, Norderstedt

ISBN: 978-3-75571109-4

Gisbert Greshake

Römisches Gift

Ein Fall für Questore Bustamante

2021

Inhaltsverzeichnis

Ein „perfektes Verbrechen" kündigt sich an 7

In Erwartung des Angekündigten 19

Ein bewegter Sonntag 35

Was Fronleichnam geschah 45

Nicht viel Neues 53

Arme reiche Kirche 61

Allmählich reicht's 67

Ein Brief gibt zu denken 77

Fahndungsergebnisse 91

Entlarvende Gespräche, oder: Vom „gift" zum „Gift" 97

„O Roma felix", oder: Die Bombe platzt 111

Ende gut, alles gut! 119

Hinweise 123

Ein „perfektes Verbrechen" kündigt sich an

Abend des Christi-Himmelfahrtsfestes. Vicequestore Dr. Teofras-
to Bustamante (von seinen Freunden meist „Bu-Bu" genannt,
wenn sie ihn nicht witzelnd mit „Vice" anredeten) war den ganzen Tag auf einer Bergwanderung gewesen: Mit dem Auto ging es
zunächst nach Carpineto Romano, einem malerischen Städtchen
etwa 80 km von Rom entfernt. Es ist der Geburtsort von Papst
Leo XIII, der durch seine Sozial-Enzyklika „Rerum novarum" in
die Geschichte der Kirche eingegangen ist. Daran erinnert noch
eine der Hauptstraßen des Ortes, welche „Via Rerum novarum"
heißt und in die „Strada panoramica" della Semprevisa einmündet. Am Ende dieser Panorama-Straße ließ der Questore den
Wagen stehen und stieg von dort aus zu Fuß auf einen der schönsten Aussichtsberge Latiums, auf den Monte Semprevisa, 1536 m
hoch. Dann ging es auf einem anderen Weg wieder zurück zum
Auto.

In diesen Tagen, Ende Mai, leuchtete das frische Grün, wie es
nur leuchten kann, dazwischen eine Fülle von bunten Frühlings-
und Frühsommerblumen. Und all das bei Vogelgesang und ange-
nehmen Temperaturen. Dazu ein herrlicher Blick nach Osten auf
die Abruzzen, nach Westen auf Küste und Meer bis hin zum Capo
San Felice Circeo, dessen Name (Circeo ~ Circe) noch an die
Irrfahrten des Odysseus erinnert. Gleich unterhalb des Berges
sieht man auf die unter Mussolini am Reißbrett entworfenen

7

Ortschaften der früheren Pontinischen Sümpfe, eine im Grunde langweilige Gegend, wenn man in ihr weilt oder sie durchfährt, aber jetzt, von oben her gesehen, eine Landschaft voller Grün und Hoffnung.

Zu Hause zurückgekehrt konnte der Questore nur eines feststellen: Es war ein gelungener, ja fantastisch schöner Ausflug! Jetzt lehnte er sich entspannt, glücklich und wohlig müde in seinen Sessel zurück, um auf RAI Uno die Fernsehnachrichten des Tages zu konsumieren. An Feiertagen wie diesem, wo alles im Grünen unterwegs war oder sich an den Stränden kuschelte, würde wohl nichts sonderlich Aufregendes passiert sein. Aber von wegen! Gleich die Spitzennachricht ließ ihn aufhorchen:

„Eine amerikanische Touristengruppe musste nach Besuch der heutigen feierlichen Papstmesse auf dem Petersplatz mit Darmvergiftung in umliegende Krankenhäuser eingeliefert werden. Es besteht der Verdacht, dass die Hostien, welche die Teilnehmer bei der Kommunion empfangen haben, vergiftet waren. "

Im Folgenden hieß es dann weiter, man sei zunächst davon ausgegangen, dass die Gruppe sich in ihrem Hotel an einer verdorbenen Speise infizierte. Doch dann stellte sich heraus, dass auch andere Leute, die nicht im gleichen Hotel wohnten, aber während der päpstlichen Messfeier in der Nähe der amerikanischen Touristen standen und beim gleichen Priester die Kommunion empfingen, dieselben Symptome: hohes Fieber, Erbrechen, Bauchschmerzen usw. aufwiesen. Die polizeilichen Untersuchungen würden der rätselhaften Sache weiter nachgehen. Soweit die Meldung.

„O je!", dachte der Questore, „das könnte dann auch neue Arbeit für mich bedeuten." Schließlich war er Behördenleiter der Kontaktstelle zwischen vatikanischer und italienischer Justiz und als solcher mit allen gemeinsamen rechtlichen Fragen und kriminellen Angelegenheiten befasst. Als einer der hochrangigsten Polizeioffiziere Roms unterstand er direkt dem italienischen Innenministerium, in einigen Fragen aber auch dem Ministerium der Justiz. „Vicequestore" war dabei sein amtlicher Titel, der ihn vom „Questore", dem Polizeipräsidenten von Rom, mit dem er relativ selten zu tun hatte, unterschied. Im hochoffiziellen Umgang wurde er als Onorevole Signor Questore angeredet.

Sollte hinter der Vergiftung der Hostien ein Verbrechen stehen – was ja noch keineswegs sicher war –, musste er sich wohl in Zusammenarbeit mit den vatikanischen Behörden der Sache annehmen. Denn zwar gehört der Petersplatz in Rom zum vatikanischen Staatsgebiet, doch ist in Artikel 22 der sogenannten Lateranverträge von 1929 geregelt: „Auf Ersuchen des Heiligen Stuhles und durch Bevollmächtigung von seiner Seite, die von Fall zu Fall oder für dauernd erteilt werden kann, wird Italien auf seinem Gebiet für die Bestrafung der in der Vatikanstadt begangenen Straftaten sorgen." Da diese Bevollmächtigung meist automatisch erfolgte, zumal wenn es um Touristen in Rom ging, war sie auch jetzt vorauszusetzen. Vermutlich würde sich Monsignore Salvatore Morreni schon bald bei ihm melden.

Msgr. Morreni war in etwa das vatikanische Gegenstück zum Vicequestore: Wie dieser in Rechtsangelegenheiten und bei Straftaten die Kontaktstelle von italienischem Staat zum Vatikan hin bildete, war jener umgekehrt der Verbindungsmann des Vatikans zur italienischen Polizei und Justiz. Daneben hatte er noch die Arbeit verschiedener anderer vatikanischer Behörden zu koordinieren. Obwohl er kein Bischof war, sondern nur „Monsignorino" – „Kleiner Monsignore" –, war er ein mächtiger, einflussreicher Mann, mit dem sich Bustamante, der sich selbst als „bekennenden Agnostiker" bezeichnete, sehr gut verstand, um nicht zu sagen: mit dem er eng befreundet war.

Oder sollte sich der Monsignore vielleicht schon telefonisch bei ihm gemeldet haben? Bustamante suchte nach seinem „Cellulare" (oder auch „Telefonino", beides italienische Namen fürs Handy), das er fast nie bei seinen Ausflügen mitnahm und das überhaupt bei ihm meist ausgeschaltet war. Denn im Grunde hasste er Handys. Er erinnerte sich noch an eine Vorlesung während seines früheren Theologiestudiums. Damals führte der Professor aus, dass sich die Sucht des Menschen, Gott gleich sein zu wollen, auf vielerlei Weise ausdrücke. Eine davon sei der exzessive Gebrauch des Handys. „Überall und sofort erreichbar sein, überall und sofort zugegen sein – das ist im Grunde ein göttliches Prädikat!," hatte er gesagt. „Wir dagegen sind Menschen, endliche Geschöpfe, an Zeit und Raum gebunden. Man muss nicht überall und sofort erreichbar und zugegen sein!" Bustamante hatte das eingeleuchtet. Er benutzte das Handy nur, wenn sein Beruf es unbedingt erforderlich machte. So musste er auch jetzt lange herumkramen, bis er es unter einem Haufen ungelesener Zeitungen und Zeitschriften schließlich fand und einschalten konnte. Und tatsächlich fand sich darauf eine SMS von Msgr. Morreni, der ihn um Rückruf bat.

Der Questore erledigte dies sofort. Man kam überein, heute und morgen in dieser brandneuen Angelegenheit einer möglicherweise vergifteten Kommunion noch nichts zu unternehmen, sondern erst das Ergebnis weiterer Untersuchungen abzuwarten. Vielleicht stellte sich ja alles doch als ganz harmlos heraus. „Und im übrigen," so Bustamante, „trifft sich am Samstagabend der ‚Club novità', zu dem Du ja als Mitglied gehörst und ich meist als Gast eingeladen werde. Am kommenden Samstag werde ich wohl dabei sein, und dann können wir uns ja dort über alles weitere verständigen."

Tatsächlich wollte Bustamante sich nicht zu eng an diesen akademischen Klub binden, der ursprünglich den Namen „Novità professioni accademiche" (deutsch etwa: „Neues aus Akademikerberufen") trug, dann aber nur noch kurz als „Club novità" bezeichnet wurde. Zu diesem Klub gehörten 20 bis 30 Akademiker aus unterschiedlichen Berufen und Fachrichtungen, die sich im Schnitt monatlich abwechselnd in ihren Privatwohnungen trafen. Dort informierte dann jeweils ein Klubmitglied über die neuesten Entwicklungen in seinem Beruf, und nach einem kleinen

Imbiss diskutierte man weiter über das Gehörte. Obwohl der Questore kein formelles Mitglied war und sein wollte, wurde er doch regelmäßig von dieser Vereinigung wie auch von anderen wissenschaftlichen Zirkeln, kulturbeflissenen „Salons" und politischen Konventikeln, wie es sie in Rom in Unmengen gibt, eingeladen. Denn man schätzte ihn nicht nur wegen seiner außergewöhnlich hohen Bildung – immerhin hatte er ein komplettes Philosophie-, Theologie- und Jurastudium mit Auszeichnung absolviert –, sondern auch wegen seiner immensen Fähigkeiten: er war nicht nur hochgescheit, sondern ebenso ein feinsinniger Psychologe und tiefschürfender Analytiker, der sowohl komplizierteste Rechtsprobleme wie auch schwierigste Kriminalfälle zu lösen verstand. Aber diese Vorzüge wie auch seine exponierte, einflussreiche Stellung verbargen sich hinter seinen äußeren, irgendwie arglos-treuherzig wirkenden Umgangs- und Erscheinungsformen. Man glaubte, in ihm einen gutmütigen, naiven und sehr harmlosen „Onkel" vor sich zu haben, den pyknischen Typ eines freundlich mitfühlenden guten Nachbarn oder auch Stammtischkumpanen. Wehe, wer auf diesen ersten Eindruck „hereinfiel"!

Die kurze Besprechung mit Msgr. Morreni am Rande des Klub-Treffens am Samstagabend brachte nicht viel Neues. Die polizeilichen Ermittlungen – ziemlich oberflächlich auch deshalb, weil die Infizierten sich nach 2 Tagen schon wieder erholt hatten und aus der Klinik entlassen wurden –, hatten die ursprüngliche Vermutung bestätigt: Ursprung und Grund der Darminfektion der Touristen konnte tatsächlich aller Wahrscheinlichkeit nach nur der Empfang der Kommunion bei ein und demselben Priester sein. Diesen hatte man auch ausfindig gemacht. Es war Don Hippolyte Nguma, ein Priester aus Liberia, der an der „Urbaniana", der Hochschule für die aus den Missionsländern kommenden Seminaristen und Priester, seine Promotion vorbereitete. Als Priester hätte er eigentlich in dem der Hochschule angegliederten Collegio S. Pietro wohnen müssen. Da dies aber überfüllt war, wurde er provisorisch in das Collegio Urbano, das an sich nur für Seminaristen bestimmt war, aufgenommen. Bei ihm und in seinem Umfeld konnte man aber nichts Auffälliges oder Besonders feststellen. Auch nicht bei dessen „Assistenten", einem Ministranten, der beim Austeilen der Kommunion mit einer knallgelben sog. „umbrella eucharistica", einer Art „Schirm", neben dem jeweiligen Priester stand. Wahrscheinlich hatte Don Hippolyte vor dem Austeilen der Hostien seine Hände irgendwo infiziert und dann nicht ordentlich gewaschen. Ein Verbrechen schloss die Polizei jedenfalls aus. Somit war der Questore aus dem Schneider. Er konnte aufatmen. Aber etwas anderes belastete ihn.

Als man am Ende der Klub-Veranstaltung fragte, wer denn wohl zum nächsten Klub-Treffen einladen könne (was wegen der bevorstehenden Sommerferien schon in 2 Wochen sein müsse) und sich niemand meldete, war er mehr oder minder „spontan" eingesprungen. Jetzt fragte er sich: Warum eigentlich? Als Nichtmitglied war er dazu überhaupt nicht verpflichtet. Aber irgendwie fühlte er sich in diesem Augenblick gedrängt, nicht immer nur vom Klub zu profitieren, sondern auch mal selbst als Referent und Gastgeber aufzutreten. Aber war das hinreichend durchdacht gewesen? Schließlich hatte er nur eine kleine und nicht sehr repräsentative Wohnung, war unverheiratet, Selbstversorger, ohne Haushälterin. Und da sollte er jetzt eine stattliche Zahl von ausgesuchten „Herrschaften" empfangen und bewirten?

Gewiss, einige Klubmitglieder ließen sich, wenn sie Einladende waren, den Imbiss von einem Catering-Unternehmen anliefern. Aber Bustamante, der zu den ausgesprochen sensiblen Feinschmeckern gehörte und als solcher auch weithin bekannt war, hielt dieses „Essen von der Stange" meist für eine Zumutung. Deshalb war ihm klar: Jetzt musste er selbst heran und einen Imbiss hervorzaubern, der ganz einfach und schnell zu bereiten, aber raffiniert im Geschmack war. Dabei könnte ihm ja vielleicht der Monsignorino helfen, denn anders war es gar nicht möglich, sowohl das Referat zu halten als dann auch sofort anschließend den Imbiss anzubieten.

All das beschäftigte den Questore in den folgenden Tagen un-gemein. Gottseidank, gab es dienstlich kaum etwas Wichtiges zu tun. So konnte er auch in Ruhe sein Referat über das von ihm ausgesuchte Thema „Strafverfolgung im Vatikanstaat und das ita-lienische Recht" vorbereiten. Sodann legte er seinen Menü-Plan fest. Als Vorspeise: *Wildpastete* (die würde er fertig in einem ex-zellenten Spezialitätengeschäft kaufen) mit einer von ihm selbst kreierten und bereiteten pikanten „Sauce aux airelles rouges". Vorgesehener Wein: ein Montepulciano aus Apulien. Als Haupt-gang: *Sülze* aus feinem Kalbsfleisch mit einer von ihm selbst er-fundenen äußerst raffinierten Soße, deren Hauptbestandteile Blutwurst (Blunzen) und Johannisbeergelee waren. Dies hielt er aber geheim, da es einigen Zeitgenossen schon vom Gedanken an Blutwurst gruselte und anderen die Kombination mit einem süßen Gelee geradezu grotesk vorkam. Als Beilage zur Sülze hatte er vier geschmacklich äußerst verschiedene *Kartoffelgerichte* vorge-sehen: (1) Kartoffelpuffer (am Tag vorher in Öl zubereitet, am Folgetag aber – und das ist ganz wichtig! – in Butter aufge-wärmt), (2) Kartoffelscheiben (roh in einer Eisenpfanne ohne Be-schichtung in Schweineschmalz gebraten), (3) Bratkartoffel in Speckwürfeln und Zwiebeln zubereitet, (4) pikanter angewärmter Kartoffelsalat (bei dem die Kartoffeln, vermischt mit etwa einem Fünftel Süßkartoffeln, in einer Rinderbrühe gekocht werden und deren Dressing man sehr kleine ausgelassene Speckwürfel hinzu-fügt). Vorgesehener Wein: ein junger Orvieto Classico Superiore. Als Nachtisch dann: in Butter gebackene *Bananen* mit Honig, Mascarpone, gemahlenen Haselnüssen und einem nicht zu klei-nen Schuss sehr guten Kognaks. Vorgesehener Wein: Brunello di Montalcino. Die Bananen würde er selbst am Abend frisch zube-reiten, während er fast alle anderen Gerichte schon am Vortag fer-tigstellen konnte (mit Ausnahme der Bratkartoffeln und Kartof-felscheiben; da musste Salvatore ran).

Der Abend verlief zunächst superb. Knapp 20 Personen waren gekommen, so dass Bu-Bu sich von seinem Nachbarn einige Stühle und dann auch noch Teller und Besteck ausleihen musste.

Sein Referat wurde von den Teilnehmern als extrem spannend, der Imbiss als raffiniert und äußerst wohlschmeckend und die Weine als Spitzenklasse wahrgenommen. So war alle Welt zufrieden und nichts, rein gar nichts deutete darauf hin, dass der Abend ein völlig anderes Ende nehmen würde, bis – ja, bis die Diskussion nach dem Imbiss begann.

Gleich als erster meldete sich ein junger Mann, den niemand kannte. Erst später stellte sich heraus, dass es der Großneffe eines langjährigen Klubmitglieds war, des auch jetzt anwesenden pensionierten Staatsanwalts Dr. Tullio Veglianti, den dieser als Gast mitgebracht hatte. Der hochgewachsene Jüngling stellte sich als Giovanni di Querco vor. Er sei Jurist, der gerade sein 2. Staatsexamen beendet habe, und bat um Nachsicht, „weil meine Frage auf den ersten Blick, wohlgemerkt: auf den ersten Blick nichts mit dem fantastischen Referat des Questore zu tun hat." Aber die Beziehung dazu würde sich dann schon noch herausstellen. „Meine Frage ist also folgende: Questore, glauben Sie, dass es das perfekte Verbrechen gibt?"

Bustamante war in der Tat überrascht wie vermutlich auch die meisten anderen. Was sollte die Frage? Er antwortete: „Ich glaube, dass dieser Begriff in sich widersprüchlich ist, auch wenn er immer wieder als Buchtitel oder als Thema von Film- und Fernsehproduktionen gewählt wird. Aber sehen Sie, es gibt drei Möglichkeiten. Erstens: Am Schluss wird das Verbrechen dann doch noch aufgeklärt, dann war es nicht perfekt. Zweitens: Es wird möglicherweise in einer ferneren Zukunft – etwa aufgrund verbesserter Analyseverfahren – gelöst, dann war es nur vorläufig perfekt. Oder drittens: Das Verbrechen war gar nicht als solches bekannt, sondern man ging von einem Unfall oder von unerklärlichen Zufällen aus, dann kann man erst recht nicht von einem perfekten Verbrechen sprechen, da es als Verbrechen ja gar nicht identifizierbar war und ist. In allen drei Fällen ist dieser Begriff also in sich widersprüchlich."

Der junge Mann entgegnete: „Prinzipiell einverstanden! *Nur*: es gibt noch eine vierte Möglichkeit: Die nämlich, dass sich ein

14

Täter zu einem bis dahin nicht bekannten oder vielleicht sogar erst künftigen Verbrechen bekennt, ohne dass man ihm trotz aller erdenklicher Bemühungen irgendetwas nachweisen kann. Ein solches Verbrechen wäre dann doch wohl perfekt. Oder? So wie ich es jetzt tue." Und bei den folgenden Worten wurde seine Stimme immer lauter und schriller: *„Die Infektion aufgrund vergifteter Hostien auf dem Petersplatz am Himmelfahrtstag war ein von mir begangenes Verbrechen, das man mir aber nie wird zuschreiben können. Genau so wenig wie die gleiche Untat, die sich in gut einer Woche am Fronleichnamstag wiederum während einer Papstmesse auf dem Petersplatz ereignen wird, allerdings mit weit schlimmeren Folgen.* Daran sehen Sie: Es gibt wirklich das perfekte Verbrechen, da es weder die vatikanische noch die italienische Polizei je wird aufklären können. Das wird auch die in Ihrem Referat beschworene Zusammenarbeit von vatikanischer und italienischer Justiz nicht verhindern!"

Der Tumult, der sich nach diesen Worten erhob, war riesengroß. So etwas hatte Bustamante in diesem Kreis noch nie erlebt. Alles schrie durcheinander. Am lautesten der Großonkel Veglianti: „Ja, bist Du denn total verrückt. Das ist doch wohl ein Witz!" Andere riefen: „Unglaublich!" – „Unerhört!" – „Unreifes Gequatsche!" Und vieles andere mehr. Der Questore bemühte sich darum, Ruhe in das Ganze zu bringen und zu beschwichtigen: „Hören wir doch zunächst einmal zu, weshalb unser junger Gast so sehr an einem perfekten Verbrechen interessiert ist und ein solches sogar selbst begehen will!" Der emeritierte Procuratore della Repubblica (Staatsanwalt) wartete gar nicht erst ab, sondern sprang auf und proklamierte mit lauter und sonorer Stimme: „Giovanni, ich will wissen: Ist das jetzt Dein Ernst gewesen oder nur eine Inszenierung, die unsere Reaktion testen wollte?" Der Großneffe antwortete prompt: „Das war und ist voller Ernst!"

Und er fuhr, an den Questore gewandt, fort: „Mich beschäftigt die Idee eines perfekten Verbrechens schon recht lange. Dahinter steckt folgendes Problem: Wenn es in unserer total vernetzten

Gesellschaft möglich ist, unentdeckt und, ohne daran gehindert zu werden, sogar angekündigte Verbrechen folgenlos zu begehen, dann Gnade uns Gott! Dann ist im Grunde nichts mehr sicher. Dann gibt es prinzipiell keinen Schutz mehr vor dem Einfall des radikal Bösen, weil dieses ja aufgrund eben dieser totalen Vernetzung restlos alles erfassen kann. Nun werden Sie sagen: Dass Verbrechen nicht aufgeklärt werden, ist ja überhaupt nichts Neues; das hat es immer gegeben. Gewiss! Aber die heutige Situation ist insofern neu, als es seit Jahren neue Techniken und Mittel gibt – man denke nur an die ganze IT-Technik mit ihren immer schnelleren Computern, an den großen Bereich der immer raffinierter werdenden KI, an Drohnen und ihre wachsenden Fähigkeiten usw. –, gegen die die Verbrechensbekämpfung vielleicht noch gerade im Einzelfall, aber generell gewiss nicht mehr ankommt. Das heißt dann aber auch, dass die durch Verbrechen gestörte Ordnung nicht mehr ins rechte Lot gebracht werden kann. Das haben – wie mir scheint – die Regierungen und staatlichen Strafverfolgungsbehörden noch nicht begriffen und tun so weiter wie bisher, anstatt durch personelle Verstärkung der Untersuchungsbehörden und ihrer Mittel, durch Verschärfung von Strafen und Strafvollzug entgegenzusteuern. Das also ist einer der Gründe für mein Interesse an dem, was man ‚perfektes Verbrechen‘ nennt. Und damit möchte ich mich dann auch von dieser erlauchten Gesellschaft verabschieden und Sie alle um Nachsicht bitten, falls ich Sie aus Ihrer Ruhe erschreckt habe. Aber genau das wollte ich auch!" Erneutes allgemeines Gemurmel im Auditorium, während der junge Mann den Raum verließ.

Es meldete sich sogleich der Philosophieprofessor Geraldo Monte von der „Gregoriana" zu Wort: „Eine juristische Frage: Wenn jemand sich eines Verbrechens bezichtigt oder sogar ein solches ankündigt, wie gerade geschehen, kann er dann bestraft werden oder wenigstens festgesetzt werden, auch wenn man ihm das Verbrechen nicht nachweisen kann?"

Der Questore: „Nun, man wird alles, aber auch alles daransetzen, den Nachweis des Verbrechens zu erbringen bzw. die angesagte Tat zu verhindern. Aber allein aufgrund einer Selbstbezichtigung wird kein Urteil gefällt werden können. Denn der Betroffene könnte ja jeder Zeit sein ‚Geständnis' zurückziehen. Nein, die Justiz muss Tat und Täter beweisen. Oder wie sehen Sie das, Procuratore?" Der nickte nur ansatzweise, offenbar war er über die Eröffnungen seines Großneffen noch total eingeknickt und fassungslos.

Angela Sabbi, Professorin für Rechtsgeschichte und Byzantinisches Recht an der römischen Universität „La Sapienza", wollte wissen, wie es denn jetzt konkret weitergehen könne, vor allem in Bezug auf die Papstmesse am Fronleichnamstag. Bustamante wies darauf hin, dass er morgen zusammen mit Monsignore Morreni darüber nachdenken und alle notwendigen Schritte unternehmen werde.

Mit diesen beiden Fragen war nach der Aufregung, die durch Signore di Querco entstanden war, die Aufmerksamkeit der Klubmitglieder offenbar erschöpft, und es zeigte sich die Tendenz, sich nur noch privat untereinander über das Geschehen auszutauschen. Der Gerichtsmediziner Professore Ivan Pacelli, ein weitläufiger Verwandter des früheren Papstes Pius XII. und derzeitiger Chef des Klubs, erhob sich darum, um dem Questore für sein herrliches Referat und das noch herrlichere Abendessen zu danken und nach Erledigung einiger formaler Klubangelegenheiten den Abend offiziell als beendet zu erklären.

Bustamante lud Morreni dazu ein, gleich in der Frühe des morgigen Tages ins oberste Stockwerk des „Palazzo della Giustizia" zu kommen, um dort mit all seinen Mitarbeitern über das weitere Vorgehen zu beraten. Hier, im „Palazzo della Giustizia" besaß der Vicequestore ein eigenes selbstständiges Ufficio (Dienststelle) mit einer Reihe von ihm zugeordneten Beamten und Angestellten. Zugleich mit der Einladung an Morreni rief er, obwohl die Zeit schon ziemlich vorgerückt war, seine absolut übergewichtige, aber auch absolut übertüchtige Sekretärin Rosalinda, die Seele seines Ufficio, an, sie möge sofort, auch wenn es schon spät sei, mit allergrößter Dringlichkeit die Mitarbeiter für morgen früh um 9 Uhr zur Dienstbesprechung bestellen.

Darauf ging er zu dem immer noch sehr niedergeschlagenen Staatsanwalt, sagte ihm ein paar tröstende Worte und fragte ihn: „Glauben Sie, dass man die Ankündigung Ihres Großneffen ernst nehmen muss?" Der Procuratore: „Ich befürchte: Ja! Zwar kenne ich ihn viel zu wenig, aber nach allem, was ich von meinem Neffen über dessen einzigen Sohn Giovanni weiß, ist, dass dieser immer äußerst eigenwillig, selbständig und selbstbestimmt war und ist. Daher befürchte ich: Ja! So schrecklich das auch ist."

Allmählich hatten sich alle Klubmitglieder verabschiedet. Jetzt galt es aufzuräumen und vor allem zu spülen. Gut, dass der Monsignore noch geblieben war, um ihm dabei zu helfen. Danach noch ein gemeinsames Glas Wein, Dank an den Helfer und kurze Beschäftigung mit seinem Papagei „Meister Jakob", der heute noch keine genügende Beachtung (die er stets erwartete!) gefunden hatte. Dann ab in die Horizontale!

In Erwartung des Angekündigten

Der folgende Tag war, untypisch für diese Jahreszeit, ein übler Regentag. Und wenn es in Rom regnet, dann gleich richtig. Es zischte, spritzte und gischte, es sprühte und pladderte, es goss von oben und plätscherte von unten. Beim schrecklichen Zustand der römischen Straßen zogen die Autos nicht nur eine Kaskade von Wasser hinter sich her, sondern machten jeden Passanten buchstäblich zu einem begossenen Pudel. Zudem drohte jeder Fußschritt, entweder in einer Pfütze zu landen oder mit einem entgegenkommenden Passanten zusammenzustoßen, mehr noch: von dessen Schirm aufgespießt zu werden. Als der Questore dennoch pünktlich wie immer, das heißt: 15 Minuten vor der Zeit, also um 8.45 Uhr den Sitzungssaal betrat, waren schon alle versammelt. Jeder kannte schließlich die Überpünktlichkeit des Chefs und die Erwartung an seine Mitarbeiter, dieser unbedingt zu entsprechen. Es waren seine Segretaria Rosalinda anwesend, der Sottosegretario Alfreddo Lucca, sein Assistent Marco Ronconi, die Kommissare Luccio Rossi und Steve Hopkins (Italiener mit angelsächsischen Wurzeln) sowie zu seiner Riesenüberraschung auch Filippo Giollini (meist nur Fil genannt) mit seiner Frau Carla. Beide waren früher zusammen als Kommissare an seiner Dienststelle beschäftigt gewesen, mussten dann aber, weil hier wie überall Stellen gestrichen wurden, zur „normalen" römischen Sezione der Kriminalpolizei überwechseln. Bustamante konnte sie aber jeder Zeit, wenn Not am Mann war, gewissermaßen „ausleihen". Und jetzt hatte Rosalinda angesichts der äußersten Dringlichkeit, mit der er in der vergangenen Nacht angerufen hatte, von sich aus die

Initiative ergriffen, auch die beiden einzuladen. So war Rosalinda nun mal: einfach „super"!

Monsignore Morreni war noch nicht eingetroffen, stürmte dann aber, wenige Minuten später, völlig atemlos und von Regen nur so triefend in den Raum. „Entschuldigung! Aber nicht nur draußen im Regen, auch bei uns ist die Hölle los. Alle führenden Leute der römischen Kurie, selbst der Papst, wissen bereits um die Zeitbombe, die gestern im Klub geplatzt ist!"

„Wie ist das möglich?", fragte Bustamante völlig überrascht. „Es war doch gestern Abend schon spät. Wie konnten da Informationen noch weitergehen?"

„Vergiss nicht, dass einige Klubmitglieder enge Beziehungen zu einigen Kurialen haben und dass der gestern anwesende Geraldo Monte nicht nur Professor an der Gregoriana, sondern auch, wie der Papst selbst, Jesuit ist. Und es ist ja bestens bekannt, dass der Papst heimlich, aber regelmäßig, abends ins Generalat der Jesuiten geht, um sich dort mit seinen Mitbrüdern zu beraten. Wer weiß, vielleicht war gestern Abend wiederum ein solches Treffen, wohin Professor Monte nach Ende des Klubabends auch selbst noch gegangen ist. Wie auch immer: Nicht nur der Papst und der Kardinalstaatssekretär wissen um das Geschehen, auch viele andere aus der Kurie, die sich blitzschnell untereinander informiert haben." Dann nach einer kurzen Pause: „Bu-Bu, wir müssen so bald, wie möglich, im Staatssekretariat erscheinen. Denn viele wollen jetzt ihr ‚Süppchen' auf der Flamme des angekündigten Verbrechens kochen. Das werde ich Dir nachher mal im einzelnen erklären!"

„Gut! Aber zunächst müssen wir mal unsere Mitarbeiter informieren. Die haben noch überhaupt keine Ahnung. Und dann geht es darum, sofort, weil wir ja unter Zeitdruck stehen, die verschiedenen Aufgaben zu verteilen."

Der Questore gab seinen Mitarbeitern einen kurzen zusammenfassenden Bericht über das am gestrigen Abend Geschehene und fasste dann zusammen: „Im Grunde stehen wir vor zwei eng miteinander verbundenen Komplexen, die wir zu lösen haben: Erstens der Blick auf das Geschehene: Ist am Himmelfahrtsfest Gift – und welches? – in die Hostien gekommen, und *wie* ist es da hineingekommen? Dafür sind nochmals medizinische Untersuchungen anzusetzen, am besten durch Professore Pacelli, mit dem wir schon bisher immer exzellent zusammengearbeitet haben. Ich selbst werde ihn in dieser Angelegenheit kontaktieren. Dann müssen wir nochmals sehr viel gründlicher als bisher dem Priester aus Liberia nachgehen, der die Kommunion ausgeteilt hat, und auch dem Ministranten, der ihn mit der ‚umbrella eucharistica' begleitet hat. Das könntest Du, Steve, übernehmen."

Bei der Erwähnung einer „umbrella eucharistica" stutzten die meisten Anwesenden und zeigten Unverständnis. Deshalb erklärte Bustamante: „Von eucharistischen Prozessionen her kennt Ihr doch sicher alle den sog. ‚Tragehimmel', eine Art Baldachin, unter welcher der Priester mit der Monstranz einherschreitet. Die umbrella eucharistica, der ‚eucharistische Schirm', ist davon im Grunde eine verkleinerte Form. Er sieht aus wie ein Regenschirm, nur erheblich spitzer und wird ähnlich wie ein Regenschirm gespannt und entspannt. Er wird meist in leuchtenden Farben, in diesem Fall in hellem Gelb, von einem Messdiener über den Priester gehalten, damit man schon von weitem sehen kann, dass es da einen Priester mit dem Altarssakrament gibt. – Also, Steve, bitte übernimm Du die Nachfrage nach dem Messdiener, der die umbrella getragen hat und stelle Nachforschungen über das Umfeld dieses Don Hippolyte an, über dessen Freundschaften und Beziehungen nicht nur hier in Rom, sondern auch schon vorher in Afrika. Sodann müssen wir uns diesen Giovanni di Querco mal genau unter die Lupe nehmen. Vor allem brauchen wir ein Foto von ihm. Vielleicht könntest Du, Luccio, das beschaffen. Über die Camera degli avvocati (Rechtsanwaltskammer) oder über seinen Großonkel, den emeritierten Procuratore della Repubblica, müsste doch wohl ein ordentliches Bild von ihm zu beschaffen sein.

Weitere Recherchen über ihn, sein Beziehungsnetz, seine Ausbildung, seine politische und religiöse Einstellung könnten Marco, Alfreddo und auch Rosalinda in Angriff nehmen. Vor allem geht es um die Fragen: Hatte er in den letzten Wochen intensivere Beziehungen zu bestimmten Personen, weiß man, wo er sich am Tag des Geschehens aufgehalten hat? Vor allem aber geh Du, Marco, bei ihm vorbei und übergib ihm eine amtliche Vorladung zur Befragung. Auch wenn dabei nicht viel herauskommen wird – schließlich wird und muss er sich ja nicht selbst belasten –, können wir daraus vielleicht doch einigen Nutzen ziehen. – Dann aber ..."

Hier unterbrach ihn sein Assistent: „Vice, bist Du Dir denn eigentlich sicher, dass das, was dieses Signore di Querco über das Geschehen am Himmelfahrtstag und sein angekündigtes künftiges Verbrechen am Fronleichnamstag gesagt hat, wirklich zutrifft oder nicht doch bloßer Bluff ist, dem wir jetzt womöglich auf den Leim gehen?"

„Natürlich lässt sich das mit letzter Sicherheit nicht sagen. Aber mein Eindruck und ebenso der Eindruck der meisten Klubmitglieder und nicht zuletzt der seines Großonkels geht dahin, seine Aussagen ernst zu nehmen. Täten wir es nicht und würden am Fronleichnamstag schlimme Dinge passieren, stünden wir ganz übel da. Wir *müssen es einfach* ernst nehmen! Und deshalb möchte ich kurz den zweiten Komplex unserer Aufgaben ansprechen: Wie verhindern wir das von ihm angesagte Verbrechen, also vermutlich eine weitere Vergiftung? Dazu stellt sich etwa die Frage: Wie ist genau der Weg der Hostien von der Herstellung bis zum Austeilen. Und da ich annehme, dass die Hostien von irgendeiner Schwesterngemeinschaft in Rom gebacken werden, ist dem genau nachzugehen. Fil, Deine leibliche Schwester ist in einem Orden, damit hast Du sicher ein gewisses Nahverhältnis zu Ordensschwestern. Bitte, geh mit Carla der Sache nach: Woher kommt das Mehl? Wer ist beim Backen dabei? Wie werden die Hostien von der Hostienbäckerei in die Sakristei des Petersdoms verschickt? Dem weiteren Weg der Hostien von dort könntest dann Du, Luccio, nachgehen: Wie kommen die in der Sakristei befindlichen Hostien in die Kelche, wie die Kelche in die Hand

22

der Austeilenden? Wer sucht die austeilenden Priester aus? Kann man sich selbst bewerben oder wird man bestimmt?"

Die Verteilung der Aufgaben und die damit gestellten Fragen schienen klar und eindeutig genug zu sein, so dass sich keine neuen Fragen erhoben und man mit den genannten unterschiedlichen Untersuchungssträngen sofort beginnen konnte. Schließlich hatte man keine Zeit zu verlieren. Noch schnell ein Anruf beim Gerichtsmediziner Pacelli, er möge doch, wenn möglich recht bald, die Krankenakten überprüfen, die von den in die Klinik Quisisana eingelieferten Touristen eventuell angefertigt wurden. Dann machte Bu-Bu sich zusammen mit Morreni auf den Weg zum Vatikan.

Mittlerweile hatte der Regen aufgehört, und es schien sich „Tramontana", Nordwind, und damit Wetterwechsel anzukündigen. So konnte man entspannt den relativ kurzen Weg vom Palazzo della Giustizia zum Vatikan hinter sich bringen.

Unterwegs fragte der Questore: „Salvatore, Du hast eben angedeutet, dass schon jetzt einige Leute im Vatikan auf dem Vorgefallenen ‚ihr Süppchen kochen' wollen. Was meinst Du damit?"

„Nun, Genaueres weiß ich natürlich noch nicht. Aber schon heute Morgen habe ich im Sitzungssaal des Staatssekretariats zwei ganz unterschiedliche Stimmen dazu gehört. Sie entsprechen in etwa den Grundrichtungen, die derzeit an der Kurie herrschen: Wortführer der ersten Gruppe war der sehr nette, aber auch sehr konservative Kardinal Matteo Lavari, der Präfekt der ‚Kongregation für den Gottesdienst und die Sakramentenordnung' (früher Ritenkongregation). Ihm und andern ist schon lange die Praxis des Kommunionausteilens bei feierlichen Papstgottesdiensten ein Dorn im Auge. Diese unübersichtliche, von keinem kontrollierte und kontrollierbare Massenausteilung führe nur, sagt er, zur Verunehrung der Eucharistie. Es sei ja wohl nicht von ungefähr, dass man mittlerweile im Internet konsekrierte Hostien bestellen könne. Es komme noch hinzu, dass in den letzten Jahren die austeilenden Priester zuvor zusammen mit dem Papst eine Massenkonzelebration durchführten. Die sollten lieber fromm ihre Einzelmesse halten als einen störenden und total überflüssigen Bardenchor zu bilden. Damit steht er ganz auf der Linie seines Vorgängers, des Kardinals Robert Sarah, der wörtlich gesagt hat: ‚Schließlich empfiehlt das Lehramt den Priestern, jeden Tag die heilige Messe zu feiern, denn aus jeder Messe fließt eine große Menge von Gnaden für die ganze Welt und die Kirche. … Es ist zu befürchten, dass durch Verringerung der Zahl der Messen (aufgrund von Konzelebration) die Gnadengaben Gottes an die Kirche und die Welt abnehmen'."

„So ein Quatsch!,“ unterbrach der Questore. „Dass es das noch gibt, eine solche Quantifizierung und Verdinglichung von Gnade, die dazu noch an einen quantifizierten Sakramentsvollzug gebunden wird! Und das noch von höherer kirchlicher Stelle her! Unglaublich!“

„Natürlich hast Du recht! Es ist unglaublich! – Aber weiter jetzt! Neben der genannten Gruppe repräsentierte sich als Wortführer einer anderen der schwedische Kardinal Sigmaar Dolno, derzeit Leiter des Ökumene-Sekretariats. Er hält schon seit längerem die Papstmessen auf dem Petersplatz für ein Riesentheater, für eine theatralische Darstellung der ‚triumphierenden Kirche' und nicht für einen authentischen, überzeugenden christlichen Gottesdienst. Er plädiert für eine einfachere Gestaltung, am besten für einen Wortgottesdienst. Und natürlich ist auch er dezidiert gegen diese Massenkonzelebrationen, allerdings aus anderen Gründen als die erste Gruppe. Er hält das Ganze für eine Form von Super-Klerikalismus und empfiehlt dringend, dass, wenn überhaupt, Laien bei Papstmessen die Kommunion austeilen.“

„Bravo!“, unterbrach der Questore den Redefluss. „Und gibt es dann noch andere Stimmen?“

„Mindestens einmal habe ich heute Morgen gehört, dass jemand sagte – es war Kardinal Federigo Bartucci von der Erziehungskongregation –, nach seiner Meinung dürfe der Papst auf keinen Fall die Feier am Fronleichnamsfest absagen. Denn dann würde er sich als erpressbar zeigen. Und dies dürfe unter keinen Umständen geschehen. Dann wäre seine Autorität noch einmal

24

mehr erschüttert. Und dem stimmte dann Kardinal Luigi Bezzara, Chef der ‚Kongregation für die Evangelisierung der Völker' (früher Congregatio de Propaganda Fide), vehement zu: Der Papst darf nicht erpressbar sein."

„Sehr gut! Damit bin ich zunächst einmal informiert!"

Mittlerweile war man an der Porta di Sant'Anna des Vatikanstaates angelangt, und Monsignore Morreni begab sich stracks in die Sala Clementina, wo unter der Leitung des Kardinalstaatssekretärs eine Zusammenkunft mit zahlreichen Kurialbeamten stattfand. Die Sala war bereits gefüllt, und Stimmen einer lebhaften Diskussion erfüllten den Raum. Der Leiter der Zusammenkunft, Kardinalstaatssekretär Angelo McIntyre, unterbrach kurz, um die beiden Ankömmlinge zu begrüßen. Der Questore war ihm von früheren Begegnungen her nicht fremd. Er stellte ihn freundlich vor und meinte gar: „Wenn uns in dieser Situation jemand helfen kann, ist es der Honorevole Signor Questore Bustamante." Der aber winkte ab und meinte nur: „Wir brauchen jetzt ein wenig Geduld für unsere Ermittlungen und ggf. auch für die Vorbereitungen zum Fronleichnamsfest."

„Meinen Sie denn, man solle dem Papst empfehlen, die Feier in üblicher Weise abzuhalten, oder plädieren Sie für eine Absage oder radikale Änderung? Die bisherige Diskussion hier schwankt zwischen beiden Möglichkeiten hin und her."

„Meine Empfehlung kann ich frühestens in 2 Tagen aussprechen, wenn wir dem, was vorgefallen ist und eventuell noch bevorsteht, ein wenig genauer und konkreter nachgegangen sind."

Die weitere Diskussion schleppte sich mühsam hin und her und bewegte sich genau zwischen den Polen, die Morreni bereits genannt hatte. Allenfalls war man mehrheitlich der Auffassung, der Papst dürfe sich in dieser Situation keineswegs erpressen lassen und jetzt irgendwelche Absagen oder Änderungen ankündigen. Und diese Meinung wurde sowohl mit eher konservativen wie mit liberalen Argumenten begründet. Jedenfalls war ein klares Ergebnis der Diskussion nicht in Sicht. So war es nur folgerichtig, dass der Kardinalstaatssekretär die Versammlung bald abbrach und darum bat, in den einzelnen Dikasterien weiter darüber zu diskutieren und ihm entsprechende Vorschläge vorzulegen. Beim Abschied bemerkte der Kardinal dem Questore gegenüber noch: „Vermutlich werden Sie wohl in den nächsten Tagen vom Papst gebeten werden, ihn zu besuchen und zu konsultieren." Nun denn!

Als der Questore nach einem hastigen Mittagsimbiss (ein Stück gekaufter Pizza bianca und eine Aranciata) und sehr kurzer häuslicher Siesta gegen 16 Uhr wieder in sein Ufficio zurückkehrte, meldete Rosalinda ihm die bisherigen Fahndungsergebnisse.

Erstens hatte sich Professore Pacelli sogleich an die Arbeit gemacht. Dabei kam ihm zu Hilfe, dass in der Klinik nicht nur eine Reihe von Akten der Infizierten aufbewahrt waren, sondern auch einige Abstriche und Blutproben, die man bei einer Reihe von Patienten zwar durchgeführt, dann aber nicht weiter analysiert hatte. Auf Grund dieses Materials konnte der Professore nachweisen, dass die Betroffenen tatsächlich vergiftet worden waren, und zwar mit dem Gift Rizinin. Er schließe aber nicht aus, dass dabei auch sehr, sehr geringe Mengen des wesentlich giftigeren Rizins mit im Spiel waren

Bustamante machte sich gleich in einem medizinischen Lexikon kundig. Danach gibt es einmal das nicht sehr intensive Gift Rizin*in*, das praktisch in allen Teilen (Blättern, Wurzeln, Blüten und Früchten) des Rizinusbaumes (Rizinus communis) vorkommt und das man – zwar auf verschiedene Weise, aber immer relativ leicht – daraus gewinnen kann. Der Rizinusbaum gehört zu den sog. Wolfsmilchgewächsen, die ursprünglich in Nordafrika, mittlerweile aber in fast allen tropischen Gebieten verbreitet sind. Von Rizin*in* zu unterscheiden ist das Rizin, ein giftiges, nur im Samen des Rizinusbaums enthaltenes Protein, das seit einigen Jahrzehnten nach einer chemischen Behandlung, gelegentlich auch mit Zusatzstoffen versehen, als Biowaffe eingesetzt wird und in entsprechender Menge fast immer tödlich ist. Die Gewinnung von

Rizin aus den Samen des Rizinusbaums ist kompliziert und kann nur von Fachleuten in einem chemischen Labor durchgeführt werden. Leichter dagegen ist die Gewinnung von Rizin*in*, das, längst nicht so giftig ist und häufig auch als Abführmittel und pflanzliches Heilmedikament angewandt wird.

Zweitens teilte Rosalinda mit, dass Steve sich bereits intensiv mit dem Priester aus Liberia, Don Hippolyte, der die vergiftete Kommunion austeilte, beschäftigt habe. Er führte mit ihm auch ein längeres Telefongespräch, von dem sie selbst nur einige Fetzen mitbekam. Da Steve von diesem afrikanischen Priester wohl einen zwiespältigen Eindruck gewann, habe er ihn unter starken Druck gesetzt und ihm ein weiteres Gespräch für den Folgetag angekündigt. Und weiter: Luccio konnte mittlerweile ein Foto von di Querco beschaffen, während Marco diesen Signore in seiner Wohnung nicht antraf und ihn somit auch nicht zur Vernehmung einladen konnte. Der Wohnungsnachbar habe ihn gestern am Spätnachmittag das letzte Mal gesehen. Aber das sei nicht außergewöhnlich, Signore di Querco sei oft tage-, wochen-, ja monatelang nicht anwesend. Auf die Frage, wo er sich denn in dieser langen Abwesenheit aufhalte, antwortete der Nachbar, er wisse nur, dass der junge Mann ganz oft in die Wüste, vor allem in die Sahara fahre.

Als der Questore das hörte, „blitzte" es in ihm: Die Sahara – das war und ist ja der vorrangige Lebensort des Rizinus communis, aus dem man das Gift Rizin und Rizinin gewinnen konnte! Sollte das ein Zufall sein? Jedenfalls bat er Rosalinda darum, sogleich beim zuständigen Richter einen Durchsuchungsbeschluss zu erwirken.

Drittens richtete seine Sekretärin ihm aus, dass Fil und Carla bei den Klarissen, welche die Hostien für den Petersdom herstellten, nichts, aber auch gar nichts Verdächtiges oder Gefährliches herausgefunden hätten. Weder bei den Schwestern noch beim Transport der Hostien zur Sakristei von St. Peter gebe es irgendeine Möglichkeit zur Kontamination der Hostien.

Unmittelbar nach diesem Gespräch mit Rosalinda erreichte den Questore ein wichtiger Anruf. Es war der Hauptsakristan des Petersdoms, Pietro Tullio. Er war am Vormittag von Commissario Luccio besucht worden und hatte diesem einige Informationen über das Procedere der Kommunionausteilung bei feierlichen Papstmessen gegeben: So hatten die austeilenden Priester während der Messe gleich in der ersten Reihe vor dem Altar ihren Platz, von wo aus sie mit dem Papst konzelebrierten, in ihrer Hand ständig das Ziborium, den sog. Speisekelch, der mit Hostien gefüllt und mit einem Deckel verschlossen war. In diesen Deckel war ein Segment ausgeschnitten und beweglich, d.h. man konnte den Kelchdeckel nicht nur als ganzen, sondern auch an einer kleinen Stelle mit einer Art Schieber öffnen (wie dies früher bei den meisten handbetriebenen Kaffeemühlen der Fall war), so dass man durch das geöffnete Segment hindurch in den Kelch hineingreifen und jeweils eine Hostie entnehmen konnte. Bis zur Kommunionausteilung blieb freilich das Ziborium völlig geschlossen. Nur beim Sprechen der sog. Wandlungsworte wurde der Deckel kurz geöffnet. Demnach schien es gar nicht so einfach zu sein, die Hostien mit Gift zu kontaminieren.

Am Ende des Gesprächs mit dem Sakristan hatte Luccio ihm, wie üblich, eine Visitenkarte gegeben mit der Bitte, ihn zu kontaktieren, falls ihm noch etwas einfiele. Das nahm der Sagrestano mehr als wörtlich: Er begann sofort damit, alle bei der Kommunion benutzten Utensilien zu überprüfen: die noch vorhandenen nichtkonsekrierten Hostien, die Speisekelche und schließlich auch die Begleitschirme, die umbrelle eucaristiche. Und siehe da! Beim Überprüfen der Schirme, die normalerweise in einem gewaltigen, etwas abgelegenen Einbauschrank gelagert waren, fehlte einer davon. Beim Hin- und Hersuchen an allen möglichen Stellen fand der Sakristan diesen schließlich in einem kleinen Nebenraum, in dem sonst nur Putzmittel und -geräte gelagert waren: Besen, Eimer, Aufnehmer, Kehrmaschinen, Staubsauger u.dgl. Zwischen all dem lag, wie lieblos weggeworfen, eine einsame „umbrella".

28

Bustamante bedankte sich für den Anruf und bat dringend darum, den Schirm nicht anzufassen, bevor nicht er oder einer seiner Mitarbeiter ihn gesichtet habe. Das ist doch mal, dachte der Questore, ein Ansatz, den man weiterverfolgen konnte! Irgendwie schien es da eine Beziehung zwischen Verbreitung des Giftes und diesen seltsamen Schirmen zu geben! Und er beschloss, sogleich selbst zusammen mit seinem Assistenten Marco die Sache in Augenschein zu nehmen.

„Wer kennt sich denn eigentlich in dieser Riesensakristei von St. Peter mit ihren zahlreichen Nebenräumen so richtig aus?", fragte Bustamante den Sakristan, nachdem er den wiedergefundenen „Schirm" kurz angeschaut und gesehen hatte, dass dieser sorgfältig abgewischt und gesäubert war.

„Nun, wir sind insgesamt 6 fest angestellte Sakristane, dazu kommen noch zahlreiche neben- und ehrenamtliche Helfer, dann die vielen Putzkräfte und natürlich die ständigen Messdiener! Vor allem letztere schauen neugierig überall hin und kennen sich vermutlich besser als viele Angestellte aus."

„Was heißt hier ‚ständig'"? Woher kommen diese ‚ständigen' Messdiener?", fragte Marco.

„Es sind Knaben und Jugendliche aus dem Internat hier im Vatikan!"

Bustamante wusste gleich Bescheid: Seit 1956 gab es unweit des Gästehauses Santa Marta das mittlerweile in die Stadt verlegte „Preseminario San Pio X", in das Mittelschüler aufgenommen werden, die sich für den Priesterberuf interessieren und die dort dann eine entsprechende Ausbildung erhalten. Mehr als 100 von ihnen, hatte er gelesen, waren seither Priester oder Ordensleute geworden. Allerdings stand das Internat seit 5 Jahren in den Schlagzeilen, weil einige ältere Schüler, die als Tutoren fungierten, an jüngeren sexuell übergriffig geworden waren und die Seminarleitung dies offenbar vertuscht hatte.

„Die Internatsschüler," fuhr der Sakristan fort, „übernehmen nicht nur den größten Teil des Ministrantendienstes, sie müssen auch bei der Austeilung der Kommunion in den großen Papstmessen die ‚umbrella eucharistica' halten."

„Wie geht das genau vor sich?", fragte Bustamante.

„Nun, nach dem Vaterunser der Messe nimmt jeder sich einen der Schirme, die hinter dem Blumenschmuck abgelegt sind, und geht damit zu einem der austeilenden Priester. Er spannt den Schirm auf, und der Priester folgt dann jeweils ‚seinem' Messdiener. Denn die Messdiener wissen, wo sie auf dem Petersplatz stehen müssen, während die ständig wechselnden Kommunionspender keine Ahnung haben, wo das genau ist."

„Interessant!", meinte der Vicequestore und schaute sich dabei den wiedergefundenen Schirm nochmals genauer an. Er hatte, spitzer als ein gewöhnlicher Regenschirm, die Form eines riesigen Zuckerhuts. Am unteren Ende war der Stoff, wohl zum Schmuck, in einer Breite von ca. 6 cm umgeschlagen und zwar so, dass ca. 2 cm unterhalb des Umschlag-Endes ein dekorativer farbiger Saum angebracht war. Bustamante griff mit seinen Fingern in diesen offenen Raum von 2 cm hinein und stellte fest, dass hier viel Platz war, wo man alles Mögliche hineinbringen konnte. Doch jetzt schien bei diesem Schirm alles „koscher" zu sein. Derjenige, welcher ihn im Putzraum abgelegt hatte, dürfte ihn vermutlich zuvor gründlich gesäubert haben. Aber wer war das? Signore di Querco etwa? Aber wie kam der in die Sakristei? Hatte er etwa Helfer unter den Messdienern?

„Es hilft nichts", und damit wandte Bustamante sich an seinen Assistenten Marco, „wir müssen mal in diesem Internat vorstellig werden."

Das am Folgetag stattfindende Gespräch mit den Vorstehern des Seminars erbrachte nichts. Sie hielten es für extrem unwahrscheinlich, dass einer ihrer Zöglinge in die Sache verwickelt war. Genau so wenig, wie sie sich vorstellen konnten, dass es vorher einen Kontakt zum Kommunion spendenden Priester Don Hippolyte gegeben habe. Zwar habe es vor kurzem eine Art „Betriebsausflug" zum Propaganda-Kolleg gegeben, aber das dürfte kaum Gelegenheit geboten haben, Beziehungen miteinander aufzunehmen. Trotz dieser negativen Aussagen erbat Bustamante ein kurzes Gespräch mit der ganzen Hausgemeinschaft. Da dies am besten kurz nach Mittag zu arrangieren war, nahmen beide Kriminalbeamte die Einladung zur Teilnahme am Mittagessen an und traten im Anschluss daran vor die kleine, altersmäßig zwischen Zehn- und Neunzehnjährigen sehr gemischte Hausgemeinschaft.

„Ich will es ganz kurz machen!", sagte der Questore, nachdem er sich selbst und seinen Assistenten vorgestellt hatte und entschlossen war, mal wieder einen seiner zahlreichen Tricks anzuwenden, „Jemand von euch hat mit seiner ‚umbrella eucharistica', die er am Himmelfahrtstag beim Kommunionausteilen gehalten hat, etwas angestellt, den Schirm anschließend gereinigt und dann woanders abgelegt. Wenn der Betreffende meint, damit sei die Sache erledigt, so irrt er gewaltig. Trotz der Reinigung können wir nämlich seinen ‚genetischen Fingerabdruck' feststellen. Das ist zwar sehr aufwendig, aber machbar. Das heißt: Wir werden ihn *auf jeden Fall* erwischen, *auf jeden Fall!*"

Das war zwar reiner Unsinn, weil – mindestens nach oberflächlicher Prüfung – kein genetisches Material mehr vorhanden war. Aber Bu-Bu setzte bei seinen Untersuchungen nicht selten auf Tricks und Täuschung. So fuhr er fort:

„Da wir unbedingt wissen müssen, was da am Himmelfahrtstag auf dem Petersplatz passiert ist, soll der Betreffende sich telefonisch bei mir melden. Wenn er es tut, will ich versuchen, ihn soweit wie möglich aus weiteren Untersuchungen herauszuhalten und seinen Namen weder an die Justiz noch hier an die Seminarleitung weiterzugeben. Wenn sich aber keiner meldet, starten wir eine genetische Großuntersuchung. Und da werden wir sicher, ganz sicher sogar, fündig werden. Ich gebe jetzt jedem ein Kärtchen mit unserer Telefonnummer. Wer nicht betroffen ist, kann sie natürlich wegwerfen, aber nur privat auf seinem Zimmer, damit diejenigen, die sie nicht wegwerfen, von den anderen nicht sogleich verdächtigt werden."

Die Trickserei von Bustamante hatte Erfolg. Schon ein, zwei Stunden später meldeten sich zwei Seminaristen, die sogleich zur

Einvernahme ins Ufficio bestellt wurden. Marco assistierte und war anschließend mit Bu-Bu einer Meinung: Das Ergebnis war einerseits ziemlich nüchtern, hatte aber andererseits auch gewaltige Konsequenzen. Es stellte sich nämlich heraus: Die beiden sehr aufgeweckten und „attraktiv" wirkenden Internatsschüler (14 und 15 Jahre) waren es leid, ständig als „Staffage mit Schirm" herumzustehen und wollten ihre Wut durch einen „Streich", wie sie sagten, loswerden. Einer der beiden, Nino Carducci, hatte, wie er sagte, im Kräuterbuch seiner Großmutter gelesen, dass nicht nur das Rizinusöl, sondern auch die Samen*schalen* vom Rizinusbaum stark abführend wirkten. So besorgten sie sich per Internet diesen Samen und pulverisierten dessen Schalen in einem Mörser. Dabei seien sie vorsichtig vorgegangen. Denn im Buch der Großmutter stand auch, dass die Samen selbst äußerst giftig seien. Jedenfalls hätten sie eine Menge Pulver aus den zermörserten Schalen gewonnen. Als sie dann am Himmelfahrtstag nach dem Vaterunser die Schirme holten und aufspannten, schütteten sie ein wenig von dem Pulver in den überstehenden Saum des Schirms. Sie wollten dann beim Austeilen der Kommunion einmal kurz den Schirm aus der vertikalen in die annähernd horizontale Richtung bringen, so als wenn ein Windstoß ihn bewegt hätte oder als ob sie unaufmerksam gewesen wären. So konnte dann das Pulver aus der Stoff-Falte heraus in den Kelch fallen. Das war bei Nino auch gelungen, während es beim anderen Seminaristen, Piergiorgio Fabri, nicht geklappt hatte. Beide waren, so schien es, über die Folgen ihres „Streichs" (erst der Krankenhausaufenthalt der Touristen, dann der Auftritt von Kriminalisten) am Boden zerstört. Und dies noch einmal mehr, als sie erfuhren, dass sie vom Glück sprechen konnten, weil sich in ihrem „Pulver" nur Spurenelemente des extrem giftigen Rizins, das in der Schale der Samenkörner enthalten ist, fanden.

Was aber Bustamente viel mehr noch interessierte, war die Frage: Hatte noch jemand anderer (Giovanni di Querco?) seine Hand im Spiel? Hatte er die Initiative ergriffen oder die Anregung zu diesem Spektakel gegeben oder wenigstens Hilfe geleistet?

Nichts von all dem war den Aussagen der beiden zufolge der Fall. Ganz überzeugt davon war der Questore nicht. Irgendwie wirkten die beiden Burschen nervös und hatten keine „klaren Augen" (wie er zu sagen pflegte). Aber das konnte ja auch andere Ursachen haben, z.B. ihre derzeitige Situation. Jedenfalls war er bereit, ihnen zunächst einmal zu glauben und davon auszugehen, dass das Ganze ein übler Streich von pubertierenden Jugendlichen war.

Zum Abschluss des Verhörs konnte er, obwohl er auf seine Selbstbezeichnung „bekennender Agnostiker" stolz war, sich nicht verkneifen, die beiden Burschen zu fragen, ob sie mal etwas von „Ehrfurcht" gegenüber der Eucharistie gehört hätten und wie sie das vereinbaren könnten mit ihren Machenschaften beim Austeilen der Kommunion.

All das hatte nun gewaltige Konsequenzen! Denn daraus folgte, dass di Querco gelogen hatte, als *er* sich das Geschehene zuschrieb, ja, sich gar damit brüstete und als den Beginn einer weiteren Ereigniskette ankündigte. Hieß das nicht auch, dass damit das vorhergesagte, noch gewichtigere „perfekte Verbrechen" am Fronleichnamstag nur Aufschneiderei war? Konnte man sich also weitere Untersuchungen und Vorbereitungen für die Papstmesse am Fronleichnamsfest ersparen? Diese Frage war dringend zu beantworten. Aber morgen war dienstfreier Sonntag. Also was tun?

Der Questore entschloss sich, seine Mitarbeiter einen nach dem andern anzurufen, um ihre Meinung zu hören. Bis auf Steve vertrat man einhellig die Auffassung, das Ganze sei damit gelaufen und keine weiteren Aktivitäten mehr erforderlich. Steve dagegen war da eher unsicher – er schob das auf eine „gewisse Unpässlichkeit" bei sich zurück –, meinte aber auch, immerhin sei es möglich, dass der „Streich" der Seminaristen mit zum Setting dieses „perfekten Verbrechens" gehörte, dass also, konkret gesagt, der Verbrecher damit erreichen wollte, dass die Strafverfolgungsbehörde sich nicht mehr auf einen möglichen Anschlag am Fronleichnamsfest einstellte.

Eine wichtige Idee, fand Bustamante und machte für den morgigen Sonntagabend ein Treffen mit Morreni aus, wo das Ganze nochmals ausgiebig erörtert werden sollte.

Ein bewegter Sonntag

Sonntage waren für Bustamante meist Tage der Einsamkeit. Als Folge seines früheren zölibatären Priesterlebens war er ohne Familie geblieben. Seine Begründung: Ich habe mich damals ein für allemal verbindlich für die Ehelosigkeit entschieden, und Lebensentscheidungen sollte man nicht ändern!, konnten die meisten seiner Freunde nicht nachvollziehen. Denn schließlich, so sagten sie ihm, habe er ja auch seine Lebensentscheidung „Priesteramt" an den Nagel gehängt und somit geändert. Aber das war für den Questore etwas ganz anderes: Priestersein setze Glauben voraus und den habe er nun mal nicht mehr und den wolle er durch Verbleiben im Amt anderen auch nicht vorgaukeln. „Ich bin nun mal, ob ich will oder nicht, ein ,bekennender Agnostiker'!", sagte er häufig, vielleicht allzu häufig (obwohl er sich in der tiefsten Tiefe seines Herzens darüber gar nicht so sicher war). Der heutige Sonntag nach Pfingsten und vor dem Fronleichnamsfest war ein dennoch besonderer Tag für ihn. In der Kirche wurde das Dreifaltigkeitsfest gefeiert. Dieses Fest, über das er vor vielen Jahren sogar promoviert hatte, faszinierte ihn immer noch, gerade auch als Agnostiker. Denn – so pflegte er zu sagen – der Glaubenssatz von Gott, der zugleich einer wie auch „in drei Personen" sei, bringt zum Ausdruck, dass Gott dem menschlichen Verstehenszugriff absolut entzogen ist. Und das sollten sich die Theologen mal hinter die Ohren schreiben angesichts ihres oft so respektlosen Vielwissens und Spekulierens über Gott und Göttliches. Sie sollten mal anfangen, ehrfürchtig zu schweigen und das Geheimnis anzubeten, statt darüber ständig große Folianten zu schreiben, hin und her zu quatschen und „Geheimräte Gottes" zu spielen!

An sich hatte Bu-Bu vor, an diesem Tag zur „Santissima Trinità" zu fahren, einem der interessantesten Wallfahrtsorte, die er kannte, in einer der schönsten, Gottseidank vom Tourismus noch nicht entdeckten Gegenden Mittelitaliens, dem oberen A-niene-Tal, zwischen dem Monte Autore (1853 m) und Monte Tarino (1961 m), unweit des verträumten Städtchens Vallepietra mit seinem vom Questore überaus geschätzten Landgasthof „Da Romano". Aber ein solcher Ausflug wäre jetzt bei den vielen Problemen, die sich stellten, zu aufwendig gewesen. Deshalb beschloss er, nur einen Halbtagesausflug, nämlich von Sant'Oreste aus zum Monte Soratte (691 m) zu machen

Der Soracte, wie er im Lateinischen und manchen anderen Sprachen heißt, war gewissermaßen der „Hausberg" der Römer, der nach alter Tradition, wenn er mit Schnee bedeckt war, den bevorstehenden Winter ankündigte. Diese Überlieferung drückt sich auch schon aus in dem wohl bekanntesten Gedicht des altrömischen Dichters Horaz, den Bustamente über alle Maßen verehrte:

„Vides ut alta stet nive candidum
Soracte …"

„Siehst du, wie der Soracte schon
weiß ist von hohem Schnee …"

Überdies war der nicht sehr hohe, aber völlig alleinstehende und darum exzellente Panorama-Berg voll von historischen Erinnerungen und baulichen Überresten, angefangen von der Erinnerung an die sog. „Konstantinische Schenkung" sowie dem Anfang des italischen Eremitenlebens und mittelalterlichen Räuberunwesens bis hin zum NATO-Abhör-Stützpunkt im Kalten Krieg und einem großangelegten Regierungsbunker für den Fall atomarer Auseinandersetzungen. Dazu eine herrliche Gegend! Und weil es in den letzten beiden Tagen geregnet hatte, würden gewiss frisches Grün und neu aufgesprossene Blumen in der herrlichen Spätfrühlingssonne wunderbar leuchten. Bu-Bu freute sich auf den Ausflug.

Doch mitten in die Vorbereitungen platzte ein Anruf, der alles ganz und gar aus der Bahn warf. Die römische Klinik „Quisisana" teilte ihm mit. Bei ihr sei gestern Abend spät ein Kriminalbeamter seiner Dienststelle (wie man dem Ausweis entnommen habe) eingeliefert worden mit schwersten Vergiftungserscheinungen; er liege im Koma und sei nicht vernehmungsfähig. Überdies sei es durchaus offen, ob er überhaupt durchkomme. Sein Name sei Steve Hopkins. Mehr wisse man nicht, vielleicht verfüge ja der Rettungsdienst der Malteser, die ihn einlieferten, über weitere Informationen.

Die Nachricht traf den Questore wie einen Blitz aus heiterem Himmel. Sie erschütterte ihn aufs Tiefste, so dass er eine Weile brauchte, um überhaupt einen vernünftigen Gedanken fassen zu können. Steve Hopkins war ihm seit vielen Jahren ein hochgeschätzter, äußerst loyaler, tüchtiger Mitarbeiter, den er nicht nur sehr mochte, sondern den er auch besonders wegen seiner Vielsprachigkeit dringend brauchte Und jetzt das!

Dass damit sein Ausflugsplan erledigt war, verstand sich von selbst. Er setzte sich sofort mit dem Malteser Hilfsdienst in Verbindung und erreichte nach einigem Hin und Her einen der Mitarbeiter, die in der Nacht den Kommissar in die Klinik eingeliefert hatten. Von ihm erfuhr er: Eine Nachbarin hatte den Notdienst angerufen. Sie hatte Lärm vom Treppenhaus her gehört. Beim Nachschauen sah sie einen Mann, eben Steve Hopkins, abgestürzt auf den Stufen liegen. Man habe den Mann bereits völlig geistesabwesend vorgefunden und gleich in die Klinik transportiert. Mehr wisse er auch nicht.

Bustamante machte sich mit seinem kleinen Privatwagen sogleich auf den Weg zur „Quisisana". Während der Fahrt konnte er wenigstens ansatzweise seine Gedanken ordnen: Was hatte dieses „Attentat" auf Steve zu bedeuten? Stand es in Verbindung mit dem angekündigten „perfekten Verbrechen"? Oder wollte ein Verbrecher, den Steve in früheren Jahren zur Strecke gebracht hatte, Rache nehmen? Aber wer könnte das sein?

An der Klinik angekommen, konnte er, nachdem er sich ausgewiesen hatte, einen kurzen Blick auf den im Koma liegenden Steve werfen, der, an alle möglichen medizinischen Geräte angehängt, auf der Intensivstation lag. Der diensttuende Arzt gab ihm bereitwillig Auskunft:

„Soweit unsere bisherigen Untersuchungen ergaben, ist der Patient mit einem Mittel vergiftet worden, das allem Anschein nach dem Gift ähnelt, das – wie man vermutet – der russische Geheimdienst z.B. Sergej Skripal und Alexej Nawalny eingegeben hat. Es hat zur Basis vermutlich das sog. Rizin und ist ein sog. Cholinesterase-Hemmer, der vor allem die Proteinsynthese blockiert und damit im Endeffekt zum Zelltod führt. Aber das sind alles zunächst nur erste Vermutungen."

„Hätten Sie was dagegen, wenn ich den bekannten Gerichtsmediziner Professore Pacelli, mit dem wir häufig zusammenarbeiten, um ein zusätzliches Gutachten bitte?"

„Natürlich nicht! Im Gegenteil!"

Bustamante rief sogleich Pacelli an, der aber nach Auskunft seiner Haushaltshilfe zusammen mit seiner Frau noch im Gottesdienst war. Der Questore bat um dringenden Rückruf, der dann auch schon bald erfolgte. Pacelli sagte sofort seine Mitarbeit zu, zumal auch er Steve Hopkins von einer Reihe gemeinsamer Fälle her gut kannte und überaus schätzte. Sein erstes vorläufiges „Schnellgutachten", das er dem Questore telefonisch durchgab, ließ nicht lange auf sich warten:

„Ich bin ganz einverstanden mit den ersten Vermutungen der Klinik: Blutiges Erbrechen und blutiger Durchfall, Tachykardie, Zerstörung von roten Blutkörperchen, Krämpfe an Händen und Beinen, hohes Fieber sowie die Symptome einer Lebernekrose und eines akuten Nierenversagens weisen alle darauf hin, dass hier Rizin oder eine Variante davon oder ein Komplex anderer

Gifte zusammen mit Rizin im Spiel sind, und damit stehen wir vermutlich vor dem gleichen oder ähnlichen Gift, dessen Anwendung man in letzter Zeit dem russischen Geheimdienst zuschreibt. Die Vergiftung des Kommissars dürfte vermutlich gestern zwischen Mittag und Abend erfolgt sein, weil die Reaktion auf das Gift 4 - 24 Stunden nach Einnahme zu erwarten ist."

Dann eine längere Pause. „Leider, leider, und es fällt mir, lieber Questore, sehr schwer, das auszusprechen, sind die Aussichten, dass er durchkommt, nicht besonders hoch. Ich habe den Ärzten empfohlen, sich mit der ‚Charité' in Berlin in Verbindung zu setzen, weil die ja damals Nawolny mit Erfolg behandelt haben. Vielleicht haben die gute Erfahrungen mit einem bestimmten Antidot, ehh ... Gegenmittel."

Der Questore war am Boden zerstört. Er merkte erst jetzt so recht, wie sehr ihm Steve ans Herz gewachsen war. Was konnte er jetzt tun? Er rief zunächst einmal seine Sekretärin Rosalinda an, gab ihr die schlimme Neuigkeit bekannt und fragte sie, ob sie wüsste, wo und womit Steve den gestrigen Tag verbracht habe. Rosalinda war zunächst einmal völlig am Boden zerstört und brauchte einige Zeit, sich auf die Frage zu besinnen.

„Er wollte erst ein Foto von diesem Signore di Querco besorgen und dann zum Collegio Urbano della Propaganda Fide gehen, wo der Priester aus Liberia, Don Hippolyte, der die vergiftete Kommunion ausgeteilt hat, seinen Wohnsitz hat. Aber weil er letzteres am Freitag nicht mehr geschafft hat, wollte er das gleich am Samstag tun"

Ach ja! Bustamante erinnerte sich; er hatte ja selbst Steve diesen Auftrag gegeben. Per Telefon gab er sodann an Marco, Luccio, Fil und Carla die schlimme Information weiter und bat sie, sich in der Wohnung von Steve umzusehen, ob da irgendwas auf die Anwendung von Gift hindeute, auch solle man den PC von Steve überprüfen, ob es darauf irgendwelche nützlichen Hinweise gebe.

Weil es mittlerweile schon Spätnachmittag geworden war, verschob er den Besuch des Propaganda-Kollegs auf den folgenden Tag, meldete sich aber schon jetzt beim Rektor an.

Am frühen Montagmorgen machte er sich mit Marco auf den Weg zum Gianicolo, um hier im Pontificio Collegio Urbano de Propaganda Fide, wie diese 1627 gegründete Institution offiziell heißt, Genaueres über den Besuch von Steve zu erfahren.

Der Rektor des Kollegs empfing sie freundlich und bestätigte, dass Commissario Hopkins sich nach dem Priester aus Kamerun erkundigt und danach auch ein längeres Gespräch mit ihm geführt habe. Als Regens konnte er aber nur das Allerbeste über Don Hippolyte sowie über die Empfehlungen, die ihm dessen Bischof ausgestellt hatte, berichten. Er ging sogar noch einen Schritt weiter: Da im Kolleg auch Kardinal Bezzara aus Kamerun in einer separaten Suite residierte, holte er ihn dazu, weil dieser den Heimatbischof von Don Hippolyte gut kannte. Und auch der habe bestätigt: Auf dessen Empfehlungen könne man sich unbedingt verlassen. „Ich würde an der Integrität von Don Hippolyte nicht den geringsten Zweifel haben!"

„Und wohin ist Commissario Hopkins dann gegangen?"

„Wir haben ihn, da es gerade Mittagszeit war, zum Essen eingeladen und dann gemeinsam, er, der Kardinal und ich, gespeist. Dann ..."

„Haben Sie alle drei das Gleiche gegessen?"

„Ja, natürlich! Nur am Ende bemerkte er, er müsse bald nach Hause, er sei – so wörtlich – ‚total kaputt'. Deshalb wollte er auch zunächst keinen Kaffee mehr haben ließ sich dann aber doch dazu überreden, während der Kardinal und ich einen Digestivo zu uns nahmen."

„War der Commissario", fragte Marco, „während oder nach dem Essen mal kurz fort, z.B. zur Toilette?"

„Ich weiß nicht; vielleicht zwischen Essen und Café. Ich erinnere mich nicht mehr genau." Aber dann nach kurzem Innehalten: „Aber ja doch, natürlich: Er fragte, wo die Toilette sei. Warum fragen Sie das alles? Das kann er Ihnen doch alles selbst sagen!"

„Nein, er liegt im Krankenhaus und ist nicht vernehmungsfähig, und deshalb wollen wir klären, was gestern geschehen ist."

Der Questore und sein Assistent bedankten sich beim Rektor des Kollegs und machten sich auf den Weg zur Wohnung von Steve. Bustamante meinte als Fazit ihres Besuchs nur: „Prinzipiell war es also möglich, Steve Gift in den Kaffee zu schütten, während er auf der Toilette war. Aber kann man das den beiden, dem Kardinal und dem Regens, zutrauen? Warum sollten sie? Höchst unwahrscheinlich!".

In der Wohnung von Commissario Hopkins trafen sie die wichtigsten Mitarbeiter ihrer Dienststelle an. Diese hatten bei ihrer Untersuchung des Appartements nichts, aber auch gar nichts gefunden, was mit der Vergiftung hätte zu tun haben können. Wo also sollte man weitermachen?

Während man noch überlegte, meldete sich das Handy des Questore. Ein Anruf der Klinik: Der Commissario sei soeben verstorben. Dumpfes Schweigen und äußerste Niedergeschlagenheit machten sich breit. Alle waren zutiefst erschüttert. Rosalinda begann laut zu weinen.

Es war Bustamante, der zuerst das Schweigen brach:

„Es hilft nichts, wir müssen jetzt alles daransetzen, den Tod von Steve aufzuklären. Ich werde Professore Pacelli um die Obduktion bitten, damit wir vielleicht in Erfahrung bringen, wie das Gift in den Körper gelangt ist. Und natürlich auch, welche Eigenart das Gift ausweist, etwa im Vergleich mit den Giften, die man in letzter Zeit dem russischen Geheimdienst zugeschrieben hat. Dann haben wir herauszubringen, wie man an dieses Gift kommt, wer es verbreitet, anbietet usw. Und schließlich: Hat das Ganze mit unserem Fall der vergifteten Kommunion zu tun, war es vielleicht sogar das gleiche Gift? Oder könnte Steve sich die Rache eines Verbrechers zugezogen haben, gegen den er vor Jahren mal ermittelt und den er festgesetzt hat? Morgen früh werden wir diese Aufgaben im einzelnen verteilen. Ich mache mich jetzt auf den Weg zu Msgr. Morreni, um mit ihm das weitere

Vorgehen wegen des angekündigten ‚perfekten Verbrechens‘ am Fronleichnamstag abzusprechen.“

Die Besprechung mit Morreni verlief sehr kurz. Zu sehr waren beide vom Tod des Commissario betroffen, als dass sie noch, was ansonsten nicht selten vorkam, ein Gläschen Wein miteinander tranken oder gar eine Partie Schach spielten. Man kam überein, die Vorbereitungen für die Papstmesse an Fronleichnam auf „Sparflamme“ zu halten, da es ja sehr fraglich war, ob nach der Entlarvung der beiden Messdiener als Täter am Himmelfahrtsfest überhaupt noch etwas passieren werde. Immerhin sollten aber die Kommunion austeilenden Priester zu besonderer Wachsamkeit ermahnt und die Zahl der „Securities“ erhöht werden. Überdies war die Aufbewahrung der (nichtkonsekrierten) Hostien zu überprüfen, wobei deren ‚Weg‘ von der Herstellung bis in die Sakristei zuvor schon von Fil und Carla als bedenkenlos eingeschätzt worden war. Auch die ‚eucharistischen Schirme‘ waren im Auge zu behalten. Und sollte dieser Signore di Querco wieder in Rom eintreffen, war er ununterbrochen zu überwachen. Diese Maßnahmen schienen zunächst einmal ausreichend zu sein.

Der folgende Tag verlief düster. Die Mehrzahl der Mitarbeiter war mit der Vorbereitung der Bestattung Steves befasst. Steve hatte keine näheren Verwandten mehr. Es gab nur einige Cousins und Cousinen, die in England wohnten. Um das Procedere mit ihnen abzustimmen, musste man erst mit großer Mühe ihre Adressen ausfindig machen, um dann telefonisch und/oder per Internet mit ihnen Kontakt aufzunehmen. Doch alle zeigten nur wenig Interesse, an den Vorbereitungen teilzuhaben und bei der Beerdigung anwesend zu sein. So blieb alles am Ufficio hängen: Auswahl von Sarg und Bestattungsort, Benachrichtigung von Freunden und Bekannten, Vorbereitung der Totenliturgie.

Msgr. Morreni war es, der am folgenden Tag, dem Dienstag vor Fronleichnam, das Requiem in der Kirche S. Prassede, unweit von S. Maria Maggiore, hielt. Diese Kirche hatte Steve wegen der einzigartigen frühchristlichen Mosaiken besonders geliebt. Allerdings stellte sie sich im Nachhinein als viel zu klein heraus. Eine Unzahl von Menschen, mit denen Steve beruflich zu tun hatte, kam zur Feier. Auch der Rektor des Propaganda-Kollegs und Kardinal Bezzara, mit denen Steve zuletzt gespeist hatte, gaben sich die Ehre neben einer Anzahl weiterer Bischöfe und höherer Staatsbeamten. Msgr. Morreni fand in seiner Predigt sehr persönliche, aber auch sehr geistliche Worte, bei denen selbst einige knallharte Polizisten ihre Tränen nicht zurückhalten konnten.

In den vom Innenministerium finanzierten, auf die Bestattung folgenden „Leichenschmaus" platzte buchstäblich ein Anruf des Nachbarn von di Querco hinein. Er teilte mit, dass der junge Jurist gerade mit dem Auto zurückgekehrt sei, er habe ihn persönlich gesehen. So wolle er das gemäß der Anweisung des Commissario Ronconi sofort melden. Merkwürdig sei allerdings, dass der Nachbar nicht in seinem Fiat mit römischer Nummer zurückgekommen sei, sondern in einem Golf mit einem Nummernschild von Basel (Schweiz).

Noch während des Essens orderte der Questore über Msgr. Morreni einige vatikanische Polizisten, die ab sofort in Zivil den „Ankündiger des perfekten Verbrechens" beschatten sollten.

Auf seinem Heimweg machte Bustamante noch einen Umweg an seinem Ufficio vorbei. Und da fand er gleich eine neue, geradezu „umwerfende" Überraschung vor. Auf seinem PC war eine e-mail ohne Absender. Der Inhalt war kurz:

> *„Wir entschuldigen uns für den Tod des Comissario. Zwar wurde er durch uns verursacht, war aber nicht geplant und von uns aus gesehen eine sehr bedauerliche Unfall."*

Was sollte das nun wieder heißen? Wer war dieses „wir" und „uns"? Hatte di Querco Mitarbeiter? Konnte es sein, dass anstelle des angekündigten „perfekten Verbrechens" am Fronleichnamstag auf dem Petersplatz jetzt dieser „Unfalltod" von Steve getreten war? Und wie kann man die Vergiftung eines Menschen als Unfall bezeichnen? Natürlich musste man jetzt den Brief genauer untersuchen. Auffallend waren einige grobe Rechtschreibe- und Grammatikfehler, wie sie für einen Ausländer typisch sein konnten. Vielleicht waren sie aber auch nur bewusst produziert, um die Ermittlungen in die Irre zu führen. Wie auch immer: Das kurze Schreiben gab der Fahndung nach dem Mörder von Steve doch mal einen ersten Anhaltspunkt.

Was Fronleichnam geschah

Bu-Bu fühlte sich nach den Ereignissen der letzten Tage, der Bestattung von Steve und nun auch noch nach diesem Brief völlig erschöpft, leer und antriebslos. Er musste alle Kraft zusammennehmen, um jetzt das Nötige zu tun und keine Fehler zu machen. Natürlich stand als wichtigstes jetzt die Aufklärung des Mordes an Steve an. Aber morgen war Fronleichnam. Und auch wenn es nach der Aufklärung der vergifteten Kommunion als Dummer-Jungen-Streich und nicht als Tat des Giovanni di Querco mehr als fraglich war, dass bei der Papstmesse noch etwas Schlimmes geschehen würde, mussten einige Vorbereitungen getroffen werden. So rief er nochmals seine Mitarbeiter zu einer Video-Konferenz zusammen. Er teilte ihnen die „Sache mit dem Brief" mit und bemerkte: „Wir müssen jetzt erst einmal Fronleichnam gut hinter uns bringen; dann können wir uns mit ganzer Kraft dem Verbrechen an Steve zuwenden. Vielleicht hängt ja auch beides zusammen. Aber zunächst einmal Folgendes: Offen gestanden, traue ich der vatikanischen Polizei nicht allzu viel zu. Darum werden wir ab sofort selbst die Überwachung von di Querco übernehmen, jeweils zwei, die sich alle drei Stunden abwechseln, um wachsam zu bleiben. Ich weiß nicht: Du, Marco, warst schon an der Wohnung dieses jungen Mannes, reicht ein Auto mit zwei Beamten zur Überwachung aus?"

„Auf jeden Fall! Die Wohnung liegt in einem 4- oder 5-Familien-Haus, das nur einen Eingang und keinen anderen Zugang hat. Di Querco wohnt im 4. Stock. Und da es keine Balkons gibt, an denen man herunterklettern könnte, kann er nur durch den einen Eingang herein- und herausgehen."

„Also machen wir es so! Ihr teilt euch zusammen mit den übrigen Angestellten von uns den Dienst selbst ein. Fotos von di Querco liegen auf dem Ufficio. Die soll sich jeder gut einprägen und auch mitnehmen. Die Überwachung sollte ab sofort bis morgen etwa 11.30 Uhr gehen, dann ist die Papstmesse beendet. Sollte di Querco vorher das Haus verlassen, bleibt ihr an ihm dran und benachrichtigt mich und die Staatspolizei, so dass er uns auf keinen, auf gar keinen Fall aus den Augen gerät und irgendetwas anstellen kann. Ich selbst werde mich während der ganzen Zeit der Papstmesse auf dem Petersplatz aufhalten, um schnell zur Stelle zu sein, wenn etwas Außergewöhnliches passieren sollte."

Der Fronleichnamstag begann ruhig und schön. Ein stahlblauer, wolkenloser Himmel, der sich über der „Ewigen Stadt" wölbte, zeigte die Wetterlage an: Tramontana – Nord-Wetter. Dies garantierte, dass es zwar durchgehend sonnig blieb, zugleich aber auch nicht zu heiß wurde. Viele Menschen strömten von allen Seiten zum Petersplatz, um an der Papstmesse teilzunehmen, unter ihnen auch Bustamante. Er nahm seinen Platz auf der rechten Kolonnaden-Seite, in der Nähe der Porta Sant'Anna ein, weil er von dort aus, falls notwendig, besser in das Geschehen eingreifen konnte. Msgr. Morreni hatte ihm zugesagt, die Zahl der „securities" in Zivil zu erhöhen und alle Beteiligten, besonders die Kommunion austeilenden Priester zu erhöhter Wachsamkeit aufzufordern. Auch war für alle Fälle die Zahl der Malteser-Krankenwagen, die in Bereitschaft standen, erhöht. Doch alles blieb ruhig. Alles nahm seinen gewohnten Verlauf. Nichts Besonderes geschah.

Carla und Fil, die den ganzen Morgen vor und während der Papstmesse di Querco vor seiner Haustür überwachten, meldeten sich nicht, weshalb Bu-Bu sie sogleich nach der Kommunionausteilung noch vom Petersplatz aus anrief. Aber es gab bei ihnen nichts Berichtenswertes: Di Querco sei gegen 9 Uhr mit einem Müllsack aus dem Haus gekommen, habe den Inhalt in eine der

Tonnen draußen geschüttet und dabei freundlich, geradezu triumphierend zu ihnen hinüber gewunken. Offenbar war ihm klar, dass sie ihn überwachten. Dann sei er ins Haus zurückgekehrt. Vorhin, also gegen 11 Uhr, sei er dann zu ihnen ans Auto getreten mit der Frage, ob sie vielleicht einen Cappuccino möchten (was sie abgelehnt hätten). Bustamante seufzte erleichtert auf und wies sie an, die Überwachung zu beenden.

Also war die Ankündigung eines perfekten Verbrechens pure Aufschneiderei gewesen, und man konnte sich ab morgen ganz der Aufklärung des Mordes an Steve zuwenden! Mit dieser Feststellung schlenderte der Questore über den Corso Vittorio Emanuele, der wegen der aus Richtung Petersplatz zurückströmenden Menschenmenge gerade äußerst belebt war, langsam, gemütlich und zufrieden zu seiner Wohnung in der Via delle botteghe oscure. Nachdem er einen Essensrest von vorgestern dem Kühlschrank entnommen, in der Mikrowelle aufgewärmt und verspeist hatte, spielte er noch wenig mit seinem Papagei herum und beschloss, erst einmal eine „Siesta episcopale" = eine „Siesta nach Art der Bischöfe", also sehr ausgiebig zu halten, um dann am Abend in seinem Lieblingsrestaurant mal wieder so richtig gut zu essen.

Mittlerweile war es schon 15 Uhr geworden, ein Zeitpunkt, zu dem es im Fernsehkanal RAI Uno Kurznachrichten gab. Bustamante schaltete den Fernseher ein, um ein paar Schlagzeilen mitzubekommen. Gleich die erste lautete:

„Wieder ein rätselhaftes Vorkommnis auf dem Petersplatz. Einige hundert Menschen wurden während der feierlichen Papstmesse 2-3 Stunden nach dem Kommunionempfang mit schweren bis äußerst schweren Vergiftungserscheinungen in die römischen Kliniken eingeliefert. Der Grund für die Krankheitserscheinung ist noch nicht klar. Die Polizei ermittelt."

„Scheiße!", entfuhr es ihm. Wie konnte das trotz aller Vorsichtsmaßnahmen geschehen? Aber da ging die Meldung noch weiter:

„Aus gewöhnlich gut unterrichteten vatikanischen Kreisen hört man die Auffassung, dass diese wie auch die am Himmelfahrtstag geschehene Vergiftung beim Kommunionempfang den Papst dazu ‚erpressen‘ will, seine Ankündigung zur Kirchenreform schneller und entschiedener zu verwirklichen. "

Was sollte das denn bedeuten? Das war doch reiner Quatsch! Absoluter Blödsinn! Durch Vergiftungen den Papst erpressen wollen zu etwas, was dieser doch selbst ganz frei und aus eigenem Antrieb durchzuführen beabsichtigte? Und zudem war doch klar, dass das Geschehen an Christi Himmelfahrt ein dummer Jungenstreich war! Jedenfalls war jetzt kein Aufschub angesagt, jetzt musste sofort gehandelt werden. Vor allem galt es herauszukriegen, auf welche Weise das Gift, wenn es denn solches war, weitergegeben worden war. Bustamante rief den Monsignore an, es müssten sich sofort, d.h. in weniger als zwei Stunden, also um 17 Uhr, alle Priester, die die Kommunion ausgeteilt, und ebenso die Ministranten, die die umbrelle eucharistiche getragen hatten, in der Sakristei von Sankt Peter versammeln. Professore Pacelli bat er wiederum um eine schnelle Diagnose und Analyse der Vergiftung und des Giftes. Ja, wie konnte das geschehen?

Um 17 Uhr war die Sakristei von St. Peter voller Menschen. Da waren ca. 40-50 Priester, diesmal aus dem Lateinamerikanischen Kolleg, die die Kommunion ausgeteilt hatten. Ihre Zahl war nicht vollständig, da eine Reihe von ihnen nicht zu erreichen gewesen war. Fast vollzählig anwesend waren dagegen die über 60 Seminaristen, die als Messdiener die Priester mit einem „eucharistischen Schirm" begleitet hatten. Hinzu kamen noch der Questore mit seinen Mitarbeitern sowie Msgr. Morreni mit zwei leitenden vatikanischen Polizeibeamten.

48

Gleich als erstes teilte der Questore den Leuten mit, was laut Fernsehmeldung geschehen war, und fragte dann: „War bei der Austeilung der Kommunion irgendetwas ungewöhnlich? Ist jemandem dabei irgendetwas Besonderes aufgefallen?"

Er brauchte nicht lange auf eine Antwort zu warten. Aus dem sofort einsetzenden Stimmengewirr von einigen Dutzend Stimmen hörte er ein und dasselbe Wort: „Drohne".

„Was war mit der Drohne? Hören Sie bitte auf, durcheinander zu reden, einer möge uns präzisen Bescheid geben!"

Schon suchte sich ein Priester mit einer besonders lautstarken Stimme gegen das Gewirr der übrigen durchzusetzen, da meldete sich ein anderer Priester mit der Bemerkung: „Bei mir ist noch mehr passiert!"

Bustamante gab ihm, der sich als Don Ernesto de Costa aus Brasilien vorstellte, das Wort. Und der berichtete: „Ich hatte gerade angefangen, die Kommunion auszuteilen, da hörte ich, sozusagen im letzten Moment, eine herannahende Drohne, etwa 30-40 m über mir, nicht direkt über mir, aber auch nicht zu fern. Sie war deshalb erst so spät zu hören, weil während der Kommunionausteilung ja immer die Capella Sistina oder ein anderer Chor Hintergrundmusik produziert. Ich dachte mir wegen der Drohne eigentlich auch nichts Böses. Aber da kam ein Mann von der Security auf mich zu, schob mir meine rechte Hand, die gerade dabei war, eine Hostie aus dem Kelch zu holen, zur Seite und sagte: ,Hören Sie nicht? Da kommt gerade eine Drohne in unsere Nähe. Es ist besser, sie schließen für einen Augenblick den Kelch, damit nichts passieren kann.' Ich habe dann das offene Segment des Speisekelchs geschlossen. Und als man von der Drohne nichts mehr hörte, sagte der Security-Mann, ich könne weitermachen. Und das war es dann auch."

Der Priester hatte kaum geendet, da rief auch schon ein ungefähr vierzehnjähriger Ministrant, der sich später als Vincenzo aus dem Seminar präsentierte: „Ja, genau so war es, ich trug bei diesem Priester den Schirm. Der Mann trug übrigens weiße Handschuhe." Ebenso bestätigte eine Reihe anderer Priester und Ministranten, die Drohne gesehen bzw. gehört zu haben.

Bustamante war sogleich klar, dass nicht die Drohne der „Übeltäter" war, sondern nur dazu diente, das Eingreifen des Security-Mannes zu legitimieren. Und der konnte, während er die Hand des Priesters zurückschob und seine Hände „schützend" über den Kelch hielt, kinderleicht irgendein giftiges Pulver in das Ziborium hineingleiten lassen. Über diesen Mann wurde auf Anfrage nur berichtet, dass er ziemlich groß war und eine Art Uniform trug, auf deren Rücken in großen Buchstaben „Security" stand, was im übrigen auf dem Petersplatz üblicherweise nicht vorgesehen war und auch nicht vorkam.

Da keiner der Anwesenden über weitere Beobachtungen verfügte, schloss der Questore die Versammlung in der Sakristei ab, nachdem er sich zuvor noch Name und Anschrift der beiden Hauptbetroffenen geben ließ und sie bat, am folgenden Vormittag in seinem Ufficio zur Beantwortung weiterer Fragen vorbeizukommen. Sodann tauschte er sich mit Morreni und seinen Mitarbeitern noch kurz über das Phänomen der „Drohne" aus. Der Monsignore bestätigte, dass es absolut verboten sei, über das vatikanische Staatsgebiet – und dazu gehört der Petersplatz – eine Drohne fliegen zu lassen. „Also muss doch eigentlich die Polizei dagegen eingeschritten sein!", meine Bustamante. „Rufen wir mal sowohl die vatikanische wie die italienische Polizei an – letztere tut ja immer bei Massenveranstaltungen wie heute am Rande des Petersplatzes ihren Dienst. Die müsste doch was von der Drohne mitbekommen haben!"

Das Telefonat mit der italienischen Polizei war erfolgreich. Man hatte, nachdem die Drohne gesichtet worden war, sogleich nach den Betreibern Ausschau gehalten und war auf zwei halbwüchsige Jungen gestoßen, die am Rande der linken Kolonnaden vom Borgo S. Spirito aus die Drohne gestartet und gelenkt hatten. Man hatte die Drohne beschlagnahmt und die Namen der beiden notiert, um gegen sie ein Ordnungswidrigkeitsverfahren zu eröffnen mit einer vermutlich hohen Geldbuße. Der Questore gab in seiner Eigenschaft als einer der hochrangigsten Polizeioffiziere Roms die Anweisung, sowohl mit den beiden Übeltätern wie auch mit der Drohne am morgigen Vormittag in seiner Dienststelle zu erscheinen. Seinem Assistenten Marco gab er noch den Auftrag, Signore di Querco für den morgigen Nachmittag zum Verhör ins Ufficio zu laden. Als letztes schließlich ein Anruf an die Gemelli-Klinik, in die die meisten vergifteten Patienten eingeliefert waren, mit der Frage nach ihrem Befinden. Im Schnitt, so die Antwort, ginge es ihnen „einigermaßen" leidlich, jedenfalls seien sie vermutlich alle außer Lebensgefahr.

Bevor der Monsignore sich vom Questore verabschiedete, sagte er noch: „Übrigens hat mich der Direktor des Preseminario angerufen. Er wollte wissen, wie das Gespräch mit den beiden Jungen, Nino Carducci und Piergiorgio Fabro, ausgegangen sei. Er hatte erfahren, dass die am Samstag ins Ufficio des Questore bestellt worden waren. Anschließend hätten sie ihm nur erzählt, es sei alles o. K. Ich habe ihm dazu auch keine weiteren Informationen gegeben, weil wir ja die Jungen wegen ihrer Offenheit schonen wollten. Aber überraschend war, dass der Direktor mir sagte, die beiden seien seit vorgestern verschwunden. Zwar haben seit Fronleichnam ohnehin die Sommerferien begonnen, während derer es keinen Seminarbetrieb gibt, aber Nino und Piergiorgio seien eben schon einen Tag vorher weggegangen und ein Anruf bei den Eltern habe ergeben, dass sie nicht zu Hause angekommen seien. Merkwürdig!"

Ja, das war wirklich merkwürdig. Ausgerechnet diese beiden! Man musste die Sache im Auge behalten.

Mit diesem Vorsatz machte sich Bu-Bu via direttissima auf den Heimweg. Zu einem Essen in seinem Lieblingslokal hatte er nach diesem schrecklichen Tag keine Lust und Kraft mehr. Jetzt nur noch einen Schluck Grappa, ein bisschen mit Meister Jacob schäkern und dann ab „in Morpheus Arme'"!

Nicht viel Neues

Als am Freitagmorgen die Dienstbesprechung begann, wurde dem Questore wieder neu der schmerzliche Verlust von Steve bewusst. Er fehlte einfach; der Kreis der Mitarbeiter war um eine sehr kompetente Persönlichkeit, die dazu noch äußerst hilfsbereit war und zu allen anderen freundschaftliche Beziehungen unterhielt, kleiner und „schwächer" geworden. Sogleich kam Bu-Bu der Gedanke, für die frei gewordene Stelle nach Möglichkeit wiederum Fil mit seiner Frau Carla zu gewinnen, und zwar als feste Angestellte bzw. Beamte und nicht nur als „Nothelfer", wie es zur Zeit der Fall war.

„Am heutigen Tag," begann der Questore, „müssen wir uns vorwiegend mit den gestrigen Ereignissen befassen. Das passt mir im Grunde gar nicht, weil mir, und ich denke, auch Euch, die Klärung des Todes von Steve viel mehr am Herzen liegt. Aber vielleicht hängt ja beides zusammen. In wenigen Minuten wird die Polizei mit den beiden Jungen, die die Drohne zum Einsatz brachten, auftauchen. Wenig später kommen auch nochmals der Kommunion spendende Priester und dessen Ministrant vorbei. Während ich sie vernehme, könnt Ihr dabei im Nebenraum zuhören und überlegen, wo sich vielleicht Ansätze für weitere Untersuchungen zeigen. Wichtig ist auch Folgendes: Ich weiß nicht, ob Ihr schon in die Morgenpresse hineingeschaut habt. In den meisten Zeitungen wird die neuerliche Vergiftung der Kommunion kommentiert und interpretiert als Mittel, den Papst zu erpressen, seine Anstrengungen zur Erneuerung der Kirche zu vergrößern und zu beschleunigen. Ich halte das für eine ‚stronzata' – für ‚Quatsch mit Sauce', für einen Riesen-Unsinn. Man würde doch viel eher das Gegenteil erwarten, nämlich als Versuch, den Papst zur *Unterlassung* aller Erneuerung zu erpressen. Woher die Medien darauf kommen, bleibt mir schleierhaft. Aber irgendetwas bzw. besser: irgendwer muss doch hinter solchen Ideen stecken. Auch diese Frage sollten wir sozusagen im Hinterkopf behalten und auf eine Lösung bedacht sein!"

Als die beiden Jungen eintrafen, war Bustamante überrascht. Er hatte so etwas wie „schmuddelige Straßenkinder" erwartet. Stattdessen standen sehr ordentlich und teuer gekleidete Angehörige einer upper-middle-class vor ihm mit ausgesucht guten Manieren, beide waren Brüder mit Namen Marco und Michele. Der Questore forderte sie auf, die Geschichte mit der Drohne in allen Einzelheiten zu erzählen. Der ältere, Marco, begann:

„Mein Vater hat uns letzte Weihnachten eine Drohne geschenkt. Und seitdem gehen wir oft an den Strand in der Nähe von Castelfusano, wo man geil damit spielen und Fotos machen kann. Wir lassen sie entlang der Küste oder überm Meer oder über die kleinen Hügel vor der Küste fliegen. Meist sind auch noch andere zum Spielen mit ihren Drohnen da. Vor ungefähr einer Woche waren wir auch wieder da und ...

„Es war genau vor 10 Tagen," unterbrach sein Bruder Michele.

„Ja, und da kam ein Mann mit einer großen, dunklen Tasche zu uns. Er setzte sich auf einen kleinen Sandhügel und schaute uns zu. Dann kam er und meinte, wir wären eigentlich ganz gut ..."

Der Junge erzählen umständlich und im Detail weiter und kam schließlich zum Kern: Der Mann packte aus seiner Tasche eine größere, sehr teure Drohne aus und setzte sie vor den Augen der Kinder zusammen. Die Drohne verfügte über Kamera, Höhenmesser, GPS und am Steuerungsgerät über ein Display, an dem man an Hand einer Karte genau den Weg der Drohne vorprogrammieren und dann verfolgen konnte. Der Mann wollte ihnen die Drohne schenken und dazu noch Geld geben, wenn sie während der Papstmesse an Fronleichnam mit ihr einmal über die linke Seite des Petersplatzes flögen. „Eine stinkreiche Amerikanerin will dann nämlich zur Kommunion gehen und davon unbedingt ein Foto haben," sagte er. Er selbst werde, da ja nur er diese Amerikanerin kenne, das Foto unten vom Platz aus mit einem Funkgerät auslösen; dafür habe die Drohne nämlich einen externen Auslöser, einen eigenen Mechanismus. Sie müssten nur die Drohne an den linken Kolonnaden in einer Höhe von ca. 30-50 m vorbei- und dann zurückfliegen lassen. Das Ganze würde maximal 3-5 Minuten dauern. Dafür erhielten sie nicht nur die Drohne geschenkt, sondern dazu schon sofort 200 € und nachher noch weitere 300 €. Dafür werde er uns an der gleichen Stelle am Freitag nochmals treffen.

„Natürlich wussten wir, dass das verboten ist und wir das ganz heimlich tun mussten. Aber das Angebot war schon toll! Und was war eigentlich dabei?"

Nach dem Aussehen des Mannes befragt, antworteten beide übereinstimmend: „Ziemlich groß und ohne Bauch!"

„Also schlank?", verbesserte der Questore.

„Ja, sehr schlank!"

Bustamante zeigte ihnen das Foto von di Querco. „War der das?"

„Nein, der sah ganz anders aus. Mit Schnurrbart und viel längeren, sehr dunklen Haaren und auch älter."

Die Antwort verwunderte ihn nicht. Natürlich hatte sich di Querco, falls er es denn war, geschminkt, sich vielleicht sogar eine Maske übergezogen, die Haare verändert usw., so dass sich dann als einzige Übereinstimmung nur die Größe und schlanke Gestalt ergab. Auf die Frage, ob sie die Stimme wiedererkennen würden, antworteten beide spontan mit „Ja!" Der Mann habe so merkwürdig gesprochen. „Wie denn?" – „Merkwürdig eben!" – Der Questore machte ihnen ein paar Vorschläge. Und bei einem der ersten Vorschläge, bei dem Bustamante nuschelte und näselte, riefen sie sofort: „Genau so war es!" Genau das aber führte auch nicht weiter. Näseln war die einfachste Möglichkeit, seine Stimme zu verstellen.

Ganz das Gleiche ergab sich auch bei der nochmaligen Befragung von Don Ernesto und seinem Ministranten Vincenzo, die „den Mann" ja gleichfalls gesehen hatten: Groß und schlank, Oberlippenbart, lange dunkle Haare, etwas älter, keine Ähnlichkeit mit dem Foto von di Querco. Auch beim gemeinsamen Gespräch, zu dem Bustamante sie zusammenführte, bestätigten alle vier das Gleiche. So nahm er davon Abstand, nach ihren Angaben ein Fahndungsfoto zu erstellen. Zu offensichtlich war die Maskerade. So schickte er sie mit Dank nach Hause, nicht ohne den beiden Drohnen-Tätern noch nachzurufen, dass die geschenkte Drohne beschlagnahmt bliebe und sie mit einer happigen Geldstrafe rechnen müssten.

Pünktlich um 15 Uhr traf di Querco ein und wurde von Rosalinda in den Vernehmungsraum geführt. Hinter der Spiegelwand, die vom Nachbarraum aus durchsichtig war, hatten sich die Mitarbeiter der Dienststelle zur Beobachtung versammelt. Bustamante ließ di Querco einige Minuten warten. Während dieser Zeit amüsierte dieser sich über seine Situation: Er lachte die Spiegelwand an und grüßte mit winkender Hand in deren Richtung. Offenbar war er sich sicher, dass man ihn im Auge hatte.

Der Questore betrat mit den Worten: „So sieht man sich also wieder!" freundlich lächelnd den Vernehmungsraum. Der junge Jurist antwortete: „Ich habe die allerbesten Erinnerungen an den Abend, besonders an Ihr exzellentes Referat und ihr nicht weniger exzellentes Essen."

„Nun, darüber wollen wir aber jetzt nicht diskutieren. Ich habe nur einige wenige, aber wichtige Fragen. Die erste: Warum haben Sie die Teilnehmer des ‚Club novità' belogen, als Sie sich der Urheberschaft des ersten Vergiftungsphänomens am Himmelfahrtstag bezichtigten? Wir wissen mittlerweile, dass diese Vergiftung auf eine ganz andere Weise zustande kam."

„Gratuliere!", war die etwas zögerliche Antwort. „Kurz gesagt: Ich wollte einfach nur, dass Sie mir die Ankündigung einer noch gefährlicheren Vergiftung an Fronleichnam glaubten."

56

„Also haben Sie, vermutlich zusammen mit einem Komplizen, die Vergiftungen am Fronleichnamstag durchgeführt?"

„Questore, sehen Sie," und dabei verrenkte er seine Hände „Diese Frage ist nicht so leicht zu beantworten. Sage ich ‚Nein', begehe ich vielleicht eine Lüge; sage ich aber ‚Ja', können oder müssen Sie sogar mich festnehmen. Vermutlich werden Sie mich dann auch bald wieder frei lassen, weil Sie keinerlei Beweise haben und finden werden. Aber ich möchte keineswegs jetzt festgenommen werden. Darum meine Antwort: Suchen Sie nach Beweisen, die mich überführen!"

„Wir haben gehört, dass Sie vorgestern Abend mit einem Auto, das in Basel zugelassen ist, zurückgekommen sind. Nun stellte aber mein Assistent, als er Sie gestern vorlud, fest, dass nicht mehr dieses Schweizer Auto vor ihrer Wohnung stand, sondern, wie Ihr Nachbar auf Nachfragen bestätigte, Ihr normales römisches Auto. Wie ist das zu erklären?"

„Ganz einfach! Ich war mit dem Zug nach Basel gefahren. Denn ich promoviere über die rechtlichen Hintergründe und Konsequenzen der Stilllegung des Atomkraftwerkes von Fessenheim. Deshalb muss ich in der Umgebung von Basel, im Elsass und im nahen Deutschland (Baden) immer wieder Dokumente in den Archiven und Ämtern einsehen. Während dieser Zeit kann ich bei einem Freund in Basel unterkommen. Ich bin dann am Mittwoch zusammen mit diesem Freund in dessen Auto zurückgefahren. Und er hat sich bereits gestern Mittag wieder auf den Weg nach Basel gemacht. Mein römischer Wagen war in der Nachbarschaft geparkt."

„Gut! Das leuchtet mir ein. Eine letzte Frage noch: Haben Sie meinen Mitarbeiter, Commissario Hopkins, vergiftet und ermordet?"

Die Frage schlug ein wie ein Blitz. „Waaas!", schrie di Querco. „Ich weiß nicht einmal, dass es einen solchen Commissario gibt. Ich höre davon überhaupt zum ersten Mal. Ich habe damit nichts, aber auch gar nichts zu tun! Ich würde nie und niemals einen

Menschen umbringen. Dafür bin ich Jurist geworden, dass die Welt ein bisschen besser, gerechter und heller wird."

„... was Sie aber nicht daran gehindert hat, ein Verbrechen anzukündigen und es mutmaßlich auch durchzuführen!"

„Ja, aber das geschah doch, gerade weil ich die Welt und die Verantwortlichen in der Welt dazu aufrufen will, die Verbrechensbekämpfung zu intensivieren. Denken Sie doch daran, was ich an dem Abend über das ‚perfekte Verbrechen' gesagt habe!"

Der Questore wiegte seinen Kopf leicht hin und her. „Ich weiß nicht, ich weiß nicht, wie weit man Ihnen da vertrauen kann. Jedenfalls gehen unsere Ermittlungen gegen Sie weiter. Und ich muss Sie auffordern, Rom in nächster Zeit nicht zu verlassen. Auch werden Sie, wenn Sie jetzt nach Hause kommen, merken, dass wir in Ihrer Abwesenheit eine Hausdurchsuchung vorgenommen haben. Für heute können Sie jedenfalls mal gehen."

Grußlos verließ der junge Jurist den Raum. Bustamante ging zu seinen Mitarbeitern.

„Nun, was meint Ihr?" Da alle ein wenig ratlos blickten, gab Bu-Bu selbst seine Meinung wieder:

„Ich bin mir nicht sicher, weil der junge Mann schon mal mit großer Überzeugungskraft mächtig gelogen hat. Aber ich habe den Eindruck, dass er tatsächlich vom Mord an Steve nichts wusste und, wenigstens direkt, damit nichts zu tun hat. Schließlich war er in Basel, und der Schweizer Presse war der Tod eines römischen Commissario vermutlich keine Notiz wert. Auch wir selbst haben darüber bisher ja nichts Näheres veröffentlicht."

Kleine wehmütige Pause. Dann: „Die Woche war schwer genug. Lasst uns ins Wochenende gehen. Und ruht Euch aus! Ich selbst werde morgen noch mit Professore Pacelli Kontakt aufnehmen. Und dann sehen wir uns am Montagmorgen zur Dienstbesprechung pünktlich um 9 Uhr wieder.

Samstags war an der Dienststelle Bustamantes normalerweise dienstfrei, es sei denn, es lagen dringende Geschäfte vor. Als Chef machte er jedoch von der samstäglichen Freizeit kaum Gebrauch. Für ihn gab es fast immer Dringendes zu tun. Auch diesmal! Er hatte sich mit dem von ihm hochgeschätzten Gerichtsmediziner Pacelli zu einem Telefongespräch verabredet, um Näheres über das Gift, das bei Steve und bei den Teilnehmern der beiden Papstmessen verwendet wurde, zu erfahren. Aber diese Informationen machten ihn ratlos.

Es waren laut Pacelli bei den verschiedenen Ereignissen unterschiedliche Gift-Typen und noch dazu mit jeweils unterschiedlichen Dosen zu unterscheiden. Bekannt war ja schon, dass das relativ harmlose Gift Rizinin am Himmelfahrtstag von den beiden Seminaristen stammte, die die Schalen von Rizinussamen zermörsert hatten. Dabei war auch eine ganz, ganz geringe und deshalb ungefährliche Menge von Rizin mit in das Pulver gekommen. Vermutlich hatte man bei der Zermörserung der Samenschalen diese nicht ganz von winzigen Resten der supergiftigen Samenkörner isoliert gehalten. Anders war es sowohl bei der Vergiftung von Steve Hopkins als auch bei der vergifteten Kommunion am Fronleichnamstag. In diesen beiden Fällen war das Gift Rizin in einer je unterschiedlichen Form angewandt worden. Bei der Vergiftung der Hostien handelte es sich um eine gewissermaßen „verdünnte" Form, die dann zwar schwere, aber im Endeffekt nicht zum Tode führende Symptome zeigte, bei Commissario Hopkins aber war sie, obgleich ebenfalls „verdünnt", erheblich stärker und auch anders zusammengesetzt und führte so zu dessen Tod.

„Dazu zwei Fragen!", bemerkte der Questore. „Erstens: Wie ist Rizin zu bekommen und zweit..."

„Ganz leicht!", unterbrach ihn der Professor. „Im Darknet bekommt man alles! Zumal das Rizin, wie ich Ihnen bereits gesagt hatte, eines der Hauptbestandteile des Giftes ist, das in Russland weiterentwickelt wurde und das der russische Geheimdienst mehrfach, auch im Fall Navalny, verwendet hat. Und gerade in Russland bleiben solche Labor-Ergebnisse nicht auf den engsten Kreis beschränkt."

„Aber dann verstehe ich nicht – und damit bin ich bei meiner zweiten Frage –, wieso Steve Hopkins aufgrund einer, wie Sie sagen, ‚verdünnten‘ Dosierung des Giftes sterben musste."

„Ja, das ist schwer zu erklären! In der ‚Charité‘ in Berlin wäre er vermutlich durchgekommen. Wir hier haben kaum Erfahrungen mit diesem Gift. Es kommt noch hinzu, dass die Wirkung auch von der Weise der Einnahme abhängig ist. Wie ich bei der Obduktion herausfand, hat der Commissario es sicher zusammen mit anderer Speise zu sich genommen. Es gab keinerlei Spuren von irgendwelchen Injektionen. Allerdings konnte ich trotz Rückfrage nach dem Speiseplan im Collegio der Propaganda Fide, wo er ja vorher gegessen hatte, nicht herausbringen, ob er dort vergiftet wurde oder zu Hause beim Verspeisen einer Pizza, die er sich für das Abendessen besorgt hatte. Denn in beiden, ganz unterschiedlichen Speiseresten im Magen war das Gift zu finden. Kein Wunder, weil sich im Magen ja die Speisen vermengen. Es wäre auch gut möglich, dass der Commissario das Gift beim Nachwürzen, etwa zusammen mit Salz und Pfeffer oder auch Parmesan-Käse u.dgl., zu sich genommen hat. Und noch etwas: Hundertprozentig sicher bin ich auch noch nicht, ob das beim Commissario angewandte Gift tatsächlich Rizin war. Es gibt noch eine Reihe anderer sehr, sehr ähnlicher Gifte, die ganz ähnlich wirken. Ich werde der Sache noch weiter nachgehen."

Bustamante dachte ein wenig nach. Diese Informationen des Professore gaben wenig Ansätze für weitere Ermittlungen. Am ehesten konnte man noch den Gewürzen usw. in der Wohnung von Steve nachgehen. Denn dass eine Pizzeria den Commissario vergiftet haben sollte oder gar das Päpstliche Kolleg, schien sehr unwahrscheinlich zu sein. Aber schließlich durfte man keine Möglichkeit von vornherein ausschalten.

Mit herzlichen Dankesworten beschloss Bustamante das Gespräch und verließ darauf sein Ufficio, um nachdenklich nach Hause zu gehen. Wo sollte man nur weitermachen?

Arme reiche Kirche

Da für den Sonntag herrliches Ausflugswetter vorhergesagt war, beschloss Bu-Bu den vor einer Woche geplanten und dann verschobenen Ausflug auf den Soracte nachzuholen und dazu auch seinen Freund Salvatore Morreni einzuladen. Der Monsignore war zwar ein „Romano di Roma", also ein echter Römer, kannte aber den Berg nur von dessen eindrucksvollem Panorama her, wie er es von seiner Terrasse aus im Auge hatte. Deshalb nahm er gern die Einladung an. Man fuhr mit dem Auto ca. eine Stunde bis Sant'Oreste am Fuß des Soracte, ließ den Wagen dort stehen und begann den zunächst zwar asphaltierten, doch mühsam steilen Aufstieg über die Via S. Benedetto del Soratte, bog dann aber von diesem gut markierten Weg ab und setzte auf einem kaum sichtbaren, schmalen Sentiero, der durch schattigen Wald führte, den Weg zum Gipfel fort, wo die uralte, gut restaurierte Kirche S. Silvestro die Wanderer begrüßte. Ihre Ursprünge gehen auf eine Basilika des 9. Jahrhunderts zurück, die mit einer größeren Klosteranlage verbunden war. Der Legende nach soll allerdings schon lange vorher Papst Silvester hier eine Kirche errichtet haben.

„Hier hat das ganze Elend der Kirche angefangen!", vermerkte Bu-Bu.

„Ich verstehe nicht! Wie meinst Du das?"

„Nun, ich meine es eher symbolisch: Der Legende nach, die Du vermutlich kennst, hatte sich während der diokletianischen

Christenverfolgung Papst Silvester hier auf den Berg zurückgezogen. Da Kaiser Konstantin an Aussatz erkrankte, nahm er – wie gesagt: alles Legende! – Kontakt mit Silvester auf, der ihn dann taufte und heilte. Und zum Dank dafür erhielt er die berühmt-berüchtigte ‚Konstantinische Schenkung', deren Fälschung erst zu Anfang der Neuzeit aufgedeckt wurde. Silvester erhielt also den ‚Kirchenstaat' und damit Reichtum, Geld und Macht. So war der Niedergang der Kirche besiegelt."

„Naja, ich weiß nicht, ob das so einfach ist."

„Einfach gewiss nicht! Aber es lässt sich doch nicht leugnen, dass es ab da eine ganz enge Verbindung von kaiserlich-staatlicher Macht und religiös-kirchlichem Glauben gab Auf diesem Hintergrund fand, so formuliert es der bedeutende französische Theologen Marie-Dominique Chenu, ‚eine Sakralisierung der weltlichen Strukturen statt und im Gegenzug eine Profanisierung des Heiligen in einem Gewirr von Wahrheiten und Zweideutigkeiten, in dem die höchsten Werte die Gefangenen mittelmäßiger Kompromisse sind.' Das ist, meine ich, sehr gut gesagt. Ich kann Dir auch, wenn Dir das nicht reicht, noch viele andere ‚Autoritäten' anführen. Zum Beispiel den früheren Chef des Ökumene-Referats, Kardinal Kurt Koch. In einem Referat führte er einmal aus: ‚Die Christianisierung des römischen Imperiums hat ... unweigerlich auch zur Imperialisierung des Christentums geführt' und, zu ergänzen ist natürlich, ebenso zur Domestizierung der Botschaft des Evangeliums durch Vermengung mit staatlichen Machtmitteln, Eigeninteressen an Geld und Macht sowie gesellschaftlichem Brauchtum. Bei all dem vergaß das Christentum den ‚eschatologischen Stachel' seines Glaubens, der ihn wesentlich von anderen Religionen unterscheidet."

Nachdenkliche Stille setzte ein. Währenddessen setzten beide Freunde den kurzen Weg bis zum eigentlichen Gipfel fort und setzten sich dort nieder.

„Weißt Du," sagte der Monsignore, „ich sehe das vermutlich nicht so einseitig und radikal wie Du. Aber in den letzten Jahren habe ich viel dazu gelernt. Eines der größten Defizite nach dem letzten Konzil besteht vermutlich darin, dass man den ‚Katakombenpakt' fast völlig vergessen hat."

„Katakombenpakt? Was ist das denn?"

„Siehst Du! Nicht einmal Du weißt es mehr! Das kam schon in unserem Theologiestudium praktisch nicht mehr vor. Um es kurz zu sagen: Neben dem Konzil gab es damals eine eigene Gruppe von Bischöfen – es war während der Konzilszeit die größte informelle Gruppe von bis zu über 200 Bischöfen –, die sich mit der ‚Armut' als Grundgestalt der pilgernden Kirche befasste. Schau mal nach Süden! Da siehst Du die Albaner Berge greifbar nahe!"

„Und?"

„Nun, nicht weit von ihrem nördlichen Abhang, auf den wir blicken, liegt die Domitilla-Katakombe. Und hier hat 1965 diese große Gruppe von Bischöfen den sogenannten ‚Katakombenpakt' geschlossen. Darin verpflichteten sie sich selbst, mit dem herrschenden „konstantinischen Modell" der Kirche zu brechen und die Gestalt einer imperialen und reichen Kirche hinter sich zu lassen. Sie entschieden sich für eine arme Kirche an der Seite der Armen."

„Schön! Schön! Schöne Worte!"

„Ja! All das war nach dem Konzil in unsern europäischen Ländern ganz schnell vergessen. Erst der jetzige Papst hat das Ganze neu aktualisiert. Für ihn muss die Kirche ärmer werden, machtloser, mehr den Armen und Notleidenden zugewandt und ihnen verbunden. Eines seiner berühmtesten Worte ist ja, dass die Hirten den (Stall-)Geruch der Schafe annehmen müssten. Oder ein anderes Wort, dass die Kirche nicht wie ein ‚Haus voll Glorie' sein dürfe, sondern wie ‚ein Lazarett für solche, die am Leben scheitern'. Und dazu müssen wir Macht abgeben, Reichtum, Geld, Besitztümer und vieles, vieles andere. Aber, Bu-Bu, Du musst auch wissen und weißt es ja auch, dass es dafür ganz erheblichen Widerstand in der Kurie und bei seinen engsten Mitarbeitern gibt. Die wehren sich mit allen Kräften dagegen, dass sich da irgendetwas ändert. Sie wollen weiterhin Macht, Einfluss, Geld ..."

„Und warum setzt der Papst sich gegen sie nicht durch?"

„Erstens, weil er möglichst viele auf seinen Weg mitnehmen will. Und zweitens, weil er trotz aller päpstlichen Autorität ohne eine große Zahl von Mitarbeitern nicht ans Ziel kommt. Man blockiert dann einfach seine Anordnungen oder setzt sie höchstens halbherzig und bruchstückhaft durch."

Wieder setzte eine Zeit stillen Nachdenkens ein, die Bustamante mit der Frage unterbrach: „Wie reich ist denn die Kirche wirklich?"

„Von ‚der Kirche' kann man das gar nicht sagen, weil Geld und Besitz ja vor allem an Diözesen, Pfarreien und Klöstern gebunden ist. Ich kann da nur vom ‚Vatikan' sprechen. Sehen wir einmal von den Kunstwerken, Kirchen und Monumenten ab, deren Geldwert nicht ermittelbar und auch nicht in reales Geld umsetzbar ist, so beträgt nach neuesten Angaben das Nettovermögen des Vatikans etwa 4 Milliarden Euro. Das ist nicht viel, wenn man bedenkt, dass allein der Fürst von Liechtenstein über die gleiche Summe verfügt. Von diesem Nettovermögen beträgt der Eigenkapitalwert der vatikanischen Finanzen ohne den Pensionsfonds etwa 1,5 Milliarden Euro. Das klingt vielleicht viel, aber aus dem Finanz- und Immobiliengewinn müssen fast alle Ausgaben getätigt werden: je 150 Millionen für Personalkosten und Verwaltung, 125 Millionen für die vatikanischen Auslandsvertretungen (Nuntiaturen), 50 Millionen für Kommunikation (Radio, Presse) usw. Nur eine ziemlich kleine Geldsumme kommt durch den sog. ‚Peterspfennig' und andere Diözesanabgaben herein. Kein Wunder, dass die Finanzverwaltung des Vatikans große Probleme hat und nicht mehr weiß, wie sie das Defizit ausgleichen soll. Denn schließlich fließen noch 200 Millionen in missionarische und caritative Aufgaben."

„Ja, was will der Papst denn da noch ändern?"

„Er möchte die Nuntiaturen, die ja ziemlich viel Geld verschlingen, auflösen. Und damit verbunden auch den Vatikan als eigenstaatliches Gebilde, das ja gerade auch als solches eine ganze Menge Geld verbraucht. Er hat mich einmal persönlich gefragt, ob nach meiner Meinung der Papst nicht in ein seltsames Zwielicht gerät, wenn er bei seinen Pastoralbesuchen im Ausland sowohl als oberster Vertreter der katholischen Kirche wie auch als souveränes Staatsoberhaupt empfangen wird? Ja, auch ich frage mich öfter, ob ein Kirchenstaat heute noch Sinn hat. Einer der damaligen ‚Architekten‘ des heutigen, auf den Lateran-Verträgen beruhenden kleinen Vatikanstaates, P. Franz Ehrle SJ (1845–1934), sagte damals: ‚Bei der gegenwärtigen Weltlage ist ein Kirchenstaat zur Wahrung der Würde und der Unabhängigkeit des Papstes unerlässlich!‘ Aber gilt das heute noch? Hat etwa der Dalai Lama ohne Staat weniger Würde, oder ist der Weltkirchenrat in Genf weniger unabhängig? Aber lassen wir das! Vor allem propagiert der Papst einen einfacheren Lebensstil, vereinfachte Verwaltung, ein bescheideneres öffentliches Auftreten, zum Beispiel ohne das Pi-Pa-Po der Schweizer Garde und anderer völlig überflüssiger Präsentationen (wobei allerdings die Schweizer Garde ‚nur‘ 7,5 Millionen Euro im Jahr kostet, aber immerhin!). Jedenfalls soll das ersparte Geld dann völlig zur Entwicklung armer Völker und zur Unterstützung von Armen und Notleidenden aufgewendet werden. In diesem Zusammenhang stellt der Papst auch den Goldbesitz der Kirche in Frage. Was es an Kunstschätzen und Kulturgütern aus der Vergangenheit gibt, soll natürlich nicht angetastet werden. Aber warum muss man auch heute noch Messkelche und Kommunionschalen aus Gold herstellen, obwohl man z.B. auch aus Keramik und Olivenholz wunderschöne Gegenstände zaubern kann? Und wie viele goldene Gefäße stehen weltweit ungebraucht in den Sakristeien herum! Wie viel Hilfe könnte man aus dem Einschmelzen des Goldes gewinnen und erst recht aus dem künftigen Verzicht auf Gold. Es kommt hinzu, dass bis heute die Weise, wie man Gold gewinnt, im Blick auf Menschenwürde und Menschenrechte mehr als fragwürdig ist. In diese Richtung also möchte der Papst gehen und hofft, dass dann, wenn er bzw. der Vatikan selbst ein großes

Zeichen setzt, auch viele andere kirchliche Institutionen dem folgen."

„Auguri!", sagte Bu-Bu kurz. „All das wäre zu schön, um wahr zu sein. Denn Du wirst schon Recht haben: Das wird er mit der jetzigen Kurie nicht durchsetzen können."

Das klang wie ein Schlusswort, und tatsächlich machte man sich bereit zum Abstieg, diesmal auf einem schwierigen, ganz schmalen, felsigen und abschüssigen, aber zugleich hochromantischen Weglein, das an der anderen Seite des Berges zu Tal führte. Bu-Bu war diesen Weg schon oft gegangen, das letzte Mal vor ungefähr 8 Jahren. Damals war sein älterer Freund und Bergkamerad Alberto ausgeglitten und fast eine Felswand hinuntergestürzt. Im letzten Moment war noch alles gut gegangen. Aber auch er merkte jetzt den Unterschied zu früheren Zeiten. Es ging vorsichtig, vorsichtig und mühsam, mühsam. Das Alter meldete sich ...

Allmählich reicht's

Auf der Dienstbesprechung am Montagmorgen informierte Bustamante seine Mitarbeiter zunächst über die Diagnose-Ergebnisse von Professore Pacelli.

„Mir scheint dabei besonders wichtig zu sein, dass die beiden Gifte, die bei der Tötung von Steve und auf dem Petersplatz verwendet wurden, zwar ihrer Substanz nach vermutlich irgendwie gleich sind, aber zugleich auch große Unterschiede aufweisen. Das könnte uns auch eine Passage dieser anonymen e-mail verständlich machen, die ich da am Sonntagabend vorfand. Darin ist die Rede vom ‚Unfall‘, den man verursacht habe und für den man sich entschuldigt. ‚Unfall‘ – das kann z.B. bedeuten, dass man irrtümlicherweise die Stärke des Giftes falsch angesetzt hat."

„Kann sein! Aber es gibt auch noch eine andere Möglichkeit," warf Luccio ein. „Das kann auch heißen, dass man sich in der Person des Vergifteten geirrt hat. Vielleicht wollte man ja einen ganz anderen vergiften als ausgerechnet unseren Steve!"

Beifälliges Gemurmel, dem auch der Questore zustimmte. „Aber reden wir jetzt mal darüber, wie wir konkret weiter vorgehen, um den Mord ein Steve aufzuklären, wobei wir weder den Signore di Querco noch das Vergiftungsgeschehen auf dem Petersplatz aus den Augen verlieren dürfen."

Der lebhafte Austausch über dieses Problem führte zu dem Ergebnis, zunächst einmal intensivst der Frage nachzugehen, wie und durch wen das Gift Steve überhaupt verabreicht wurde. Dafür musste man seinem Essen im Kolleg der Propaganda Fide nochmals detailliert nachgehen, dann die Pizzeria finden und überprüfen, wo Steve am Spätnachmittag oder Abend die Pizza gekauft oder geordert hatte und schließlich Gewürze und geriebenen Käse analysieren, die er vielleicht benutzt haben könnte.

„Irgendwie muss er doch – ‚mannaggia!‘, entfuhr es Bu-Bu – das Gift bekommen haben, und das können und müssen wir herauskriegen! Und zweitens müssen wir der Frage nachgehen, wer die ‚Entschuldigungs‘ – e-mail geschrieben hat. Vermutlich wurde sie ja wohl kaum auf dem eigenen PC oder Smartphone geschrieben. Darum haben wir in allen römischen Internet-Cafés nachzuforschen. Gottseidank müssen in Italien ja alle Nutzer ihren Personalausweis vorlegen, und dessen Kopie wird dann gespeichert. Also besteht große Aussicht, den Absender herauszufinden. Wieviel Internet-Cafés gibt es eigentlich in Rom?“

Rosalinda stürzte sich gleich auf ihren PC und hatte nach wenigen Augenblicken die Antwort: „53.“

„Dann soll Alfreddo der Sache nachgehen. Die Rückverfolgung über die ID-Nummer des PC oder Smartphones können wir der Tecnica criminale (= KTU) überlassen.“

Neben diesen beiden Hauptsträngen der Arbeit sollte Marco nach Basel fahren, um dort die Wohnung von Giovanni di Querco zu überprüfen wie auch seinen Freund, mit dem zusammen er nach Rom gekommen war.

Während man noch im einzelnen die Aufgaben verteilte, lief ein Anruf von Monsignore Morreni mit einer sensationellen Nachricht ein. Das Klarissenkloster, das die Hostien für den Petersdom herstellt, hatte sich gerade bei ihm gemeldet; die Schwestern waren völlig außer sich: Eine Reihe derjenigen, die in der Hostienbäckerei tätig waren, seien krank geworden und wiesen die gleichen Symptome auf wie die Vergifteten auf dem Petersplatz.

„Das ist doch nicht möglich!“, rief der Questore. „Wie sollen die vergiftet worden sein, wo sie nach dem Geständnis der beiden

Seminaristen und den Aussagen von Don Ernesto doch gar nichts mit den Vorgängen zu tun haben? Marco, wir müssen sofort Morreni und die Schwestern aufsuchen!"

Im Kloster trafen sie den Monsignore und eine durcheinander geratene Äbtissin. Aufgeregt erzählte sie ihnen, einige Schwestern hätten, wie üblich, den Rest der Fladen, aus denen die einzelnen Hostien herausgestanzt werden, am Samstagabend zum Abendessen verzehrt. Am Sonntag sei es bei ihnen dann zu Fieber, Krämpfen, Erbrechen und schlimmen Darmbeschwerden gekommen. Einige seien schon in die Klinik eingeliefert worden.

„Was war denn anders als sonst?", fragte Bustamante. „Haben Sie eine neue Mehllieferung bekommen, oder war ein Fremder im Raum der Hostienbäckerei?"

„Das müssen Sie doch selbst am besten wissen! Am Freitag sind ja nochmals zwei Polizisten in Zivil hierher gekommen, um alles zu inspizieren. Ich habe denen gleich gesagt, dass das durch einen Kommissar und eine Kommissarin doch schon geschehen ist, aber sie sagten, es fehlten bei den Akten noch einige Fotos. So habe ich sie hereingelassen. Die haben dann herumgeschaut und herumfotografiert und sind dann wieder gegangen. Jedenfalls ist mit den Resten der Hostien, die danach gebacken wurden, das Ganze passiert. Ich habe schon hin und her überlegt: All das muss mit den beiden zusammenhängen. Haben Sie die etwa nicht geschickt?"

Wütend stampfte der Questore auf den Boden. Wie konnte das nur passieren! „Haben Sie sich von den beiden denn keinen Ausweis zeigen lassen?"

„Sie haben von sich aus einen vorgelegt. Aber offen gestanden, habe ich ihn mir nicht genau angeschaut."

„War einer der Männer besonders groß?", fragte er sozusagen auf gut Glück, um auszuschließen, dass di Querco seine Hand im Spiel hatte. Aber das verneinte die Äbtissin.

Die Sache war durch und durch verworren. Zwei Unbekannte hatten in der Hostienbäckerei offenbar Gift in den Teig gestreut. Aber warum? Das ergab doch gar keinen Sinn! Oder wollte man nachträglich insinuieren, dass das Gift am Fronleichnamstag doch in den Hostien selbst enthalten war. Aber dann hätte es Erkrankungen nicht nur an *einer* Stelle und bei *einem* der Kommunion austeilenden Priester gegeben, sondern überall auf dem Platz. Was also sollte das Ganze? Sollten hier einfach nur Nebelkerzen für etwas ganz anderes gesetzt werden? Auch Marco und Morreni konnten sich keinen Reim auf diesen Vorgang machen. „Da muss nochmals Professore Pacelli ran, um zu sehen, was es diesmal für ein Gift war! Mir jedenfalls reicht's allmählich!"

Sie hatten sich gerade von der Äbtissin verabschiedet und standen noch vor der Klosterpforte beisammen und tauschten ihr Unverständnis aus, da kamen über den Monsignore kurz nacheinander zwei weitere dringende Anrufe: Sowohl aus dem Kloster der Dominikanerinnen in Trastevere wie auch aus dem der Englischen Fräulein hinter dem Aventin – beides Klöster, welche Hostien für die Diözese Rom backen – kamen Nachrichten über Vergiftungsphänomene. Schwestern, die in der Hostienbäckerei tätig waren, mussten deshalb mit der Rettung in eine Klinik gebracht werden. Bustamante, sein Assistent und Morreni machten sich sofort im Dienstwagen des Questore auf den Weg dorthin. Nachfragen in beiden Klöstern ergaben das gleiche Bild wie bei den Klarissen: Am Freitagabend waren zwei Kriminalbeamte gekommen, um die Bäckerei zu inspizieren und Fotos zu machen. Und danach geschah das Unheil.

„Was soll das Ganze?", schrie der Questore heraus. „das ergibt doch alles keinen Sinn! Es sei denn, es soll einfach nur Verwirrung gestiftet werden. Aber warum? Worauf zielt das Ganze ab?"

Wie er schon die Äbtissin der Klarissen gefragt hatte, so wiederholte er die gleiche Frage auch bei den Dominikanerinnen und Englischen Fräulein: „Ist irgendetwas Auffälliges während der Zeit, in der die zwei Männer Fotos machten, passiert?"

Nach einigem Zögern konnte nur die Oberin der „Englischen" etwas anführen: „Gleich in der ersten Minute erhielt einer der

Männer auf seinem Handy einen kurzen Anruf. Er erwiderte nur: ‚Tutto apposto' – ‚Alles in Ordnung!'"

„Wissen Sie noch, um wieviel Uhr das passierte?"

„Ja, sehr genau sogar. Es schlug 18 Uhr, als die Männer eintraten, und nach 1-2 Minuten kam der Anruf."

„Na, das ist ja mal ein Ansatz!"

Sofort beauftragte der Questore telefonisch seinen Sottosegretario Alfreddo, sofort bei allen Netzbetreibern anzufragen, welche der Handy-Nummern, die in eine der Funkzellen hinter dem Aventin eingecheckt war, um 18.02-18.03 Uhr einen Anruf erhielt.

Noch ein paar Worte mit der Oberin, dann begab man sich zum Wagen, um nach Hause zu fahren. Sie waren aber noch nicht weit gekommen, da traf schon die Antwort von Alfreddo ein: Jawohl, er habe die Nummer des Anrufers herausgebracht, die gehöre aber zu einem nichtregistrierten prepayed Handy. Er habe sofort dessen Ortung veranlasst; dabei hätten sich folgende Koordinaten ergeben: 41°53'57"N; 12°29'10"E. Merkwürdig sei nur, dass sich das Handy bzw. der gegenwärtige Besitzer offenbar dauernd in einem relativ kleinen Radius hin und her bewege. Da der angegebene Ort ganz in der Nähe war, fuhr man sogleich dorthin. Im unmittelbaren Umkreis der angegebenen Koordinaten fand sich ein riesiger Spielplatz, auf dem einige Jungen Fußball spielten. „Aha, die ständige Bewegung!" Bustamante wies sich den Jungen gegenüber als Polizist aus und fragte, wer von ihnen seit Sonntagabend von irgendwem ein Handy erhalten habe. Zwei konnten dazu Auskunft geben: Sonntagabend, als sie in Kicker-Kleidung auf dem Weg zum Fußballspielen waren, hielt ein Wagen an, und der Beifahrer fragte sie, ob sie ein Handy haben wollten, er brauche es nicht mehr, und es seien noch ca. 20 € Guthaben drauf. Sie sollten nur das Handy beim Kicken mit sich führen und ordentlich herumlaufen, damit – so habe er wörtlich gesagt – „die Funkzellen mal ein bisschen heiß laufen." Einer der beiden Jungen nahm das Handy gern an und zeigte es jetzt dem Questore. Es handelte sich nicht um ein Smartphone, sondern um ein billiges, simples Telefonino, auf dem ganze 5 Gespräche gespeichert waren, je ein Gespräch nach und von Basel und 3 Gespräche in und von Rom. Bustamante gab dem neuen Besitzer seine Visitenkarte und bat ihn darum, ab morgen das Handy an der angegebenen Adresse wieder abzuholen. Bis dahin müsse es untersucht werden. Weitere Nachfragen nach dem Aussehen der Männer und nach dem Auto brachten keine verwertbaren Antworten außer der einen, dass das Auto ein dunkelblauer Sportwagen gewesen sei, dessen Kennzeichen mit „AD" begann und somit darauf verwies, dass es bereits ziemlich alt war. „Ich habe mir das gemerkt," sagte einer der Jungen, „weil ich es komisch fand, dass jemand mit einem solch alten Auto ein Handy verschenkt."

Mittlerweile war es Mittag geworden. Bu-Bu gab seinem Fahrer die Anweisung, Msgr. Morreni und Marco nach Hause zu bringen, er selbst wollte lieber zu Fuß gehen, um „seinen Kopf freizukriegen".

Unterwegs kam er an einem Kiosk vorbei, an dem ihm die Schlagzeilen einer römischen Mittagszeitung in die Augen sprangen: „Neue Vergiftungen im kirchlichen Milieu! Soll der Papst erpresst werden?" Woher wussten die so schnell von den Vorgängen? Und wie kamen auch die wieder auf die Idee einer Papst-Erpressung? Eine schnelle Lektüre des ohnehin ziemlich kurzen Artikels gab auf diese Frage jedoch keinerlei Antwort. Es fehlte sowohl jede Begründung für eine mögliche Erpressung wie auch genauere Angaben von Grund und Ziel einer solchen. Es hieß einfach nur lapidar: Der Papst solle durch die verschiedenen Vergiftungen im Raum der Kirche dazu erpresst werden, die von ihm angezielte Kirchenerneuerung mit höherem Nachdruck und größerer Geschwindigkeit durchzuführen. Für den Questore war das alles nur „Quatsch mit Sauce", völlig undiskutabel, himmelschreiender Blödsinn.

Am Tiber, am Beginn der Via della Reconciliazione, traf Bustamante ganz zufällig Fil und Carla, die gerade vom Propaganda-Kolleg herkamen. Mehr als er selbst am Sonntagnachmittag hatten aber auch sie nicht herausgebracht: Steve hatte zusammen mit Rektor und Kardinal zusammen gespeist, jeder hatte von jedem Gang etwas zu sich genommen. Allerdings war da der Espresso nach dem Essen. Und vorher hatte Steve kurz die Toilette aufgesucht. Es hätte während dieser Zeit also eine Möglichkeit bestanden, ihm das Gift beizubringen. Aber kamen Rektor und Kardinal wirklich in Frage? Und musste man nicht ihre Aussage ernst nehmen, dass der Commissario über Unpässlichkeit klagte? Bu-Bu erinnerte sich, dass Steve eine solche Bemerkung schon am Samstagmorgen auch ihm gegenüber gemacht hatte. Sollte also die Gift-Attacke vielleicht schon früher erfolgt sein? Aber passte das zur Eigenart des Giftes? Fragen über Fragen, von denen er einige mit Professore Pacelli besprechen wollte.

Statt den Weg nach Hause fortzusetzen, entschloss sich Bustamante, zusammen mit Carla und Fil nochmals am Ufficio vorbeizugehen, um nach der Post zu schauen. Unterwegs bemerkte Carla, ihr sei aufgefallen, dass da zwischen dem Regens des Propaganda-Kollegs und seiner Sekretärin, die kurz mal hereingeschaut habe, irgendetwas nicht „koscher" sei. „Weißt Du: Wie die sich angeschaut haben! Da ist mehr als ein Dienstverhältnis. Als Frau merkt man so was! Ich sag das mal, obwohl das vermutlich mit unserem Fall nichts zu tun, sondern seine Privatsache ist."

„Nein, seine Privatsache ist das sicher nicht, wenn er als Regens das Priesterbild, für das er sich doch einzusetzen hätte, konterkariert. Aber lassen wir das!"

Im Ufficio berichtete Rosalinda: Gewürze und geriebener Käse in der Wohnung von Steve seien ohne jede Spur von Gift; auch in der Pizzeria, in der Steve persönlich sein Abendessen abholte, schien alles in Ordnung zu sein. Bustamante seufzte: Was blieb dann da noch? Wie und wo war das Gift in den Körper von Steve gelangt? Doch im Propaganda-Kolleg? Morgen wollte Bu-Bu mit Morreni über den Rektor und den Kardinal sprechen. Heute wollte er, wenn möglich, noch ein Treffen mit dem Gerichtsmediziner arrangieren.

Der Questore hatte zu Professore Pacelli ein sehr, sehr gutes, auch persönliches Verhältnis, obwohl oder gerade weil dieser und seine Gattin so „exotisch" daherkamen, auftraten und lebten. Pacelli war von fast zwergwüchsiger Gestalt mit einem zu langgezogenen Kopf mit viel zu abstehenden großen Ohren, dazu kam ein wilder, struppiger Haarwuchs. So konnte man geneigt sein, den Professore eher für einen Komiker oder Clown als für einen hochkarätigen, auch international äußerst angesehenen Wissenschaftler zu halten.

Seine Frau hatte ein fast ebenso exzentrisches Aussehen hatte wie er. Sie überragte ihn um anderthalb Kopflängen. Ihr bereits schlohweißes Haar war hinten zu einem überaus „sittsam" wirkenden Nackenknoten zusammengebunden. Bekleidet war sie stets mit einer hochgeschlossenen weißen Bluse, über der irgendetwas „Fummeliges", ein bunter Schal oder eine riesige Kette, hing. Unter dem bis weit über die Knie hinabreichenden altmodischen Faltenrock ragte völlig stilwidrig eine speckige Jeanshose heraus. Dazu trug sie zwei blechern aussehende Ohrringe, die fast bis auf die Schultern herabhingen und dadurch ihr Hörorgan nur auf andere Weise unterstrichen als die zum steten Lauschangriff ausgefahrenen viel zu großen Ohrmuscheln ihres Gatten. Vor ihrer Heirat war sie eine bekannte Atomphysikerin gewesen. Da sie aber Kinder haben wollten, gab sie ihren Beruf auf und kehrte auch dann nicht dahin zurück, als ihnen Kinder versagt blieben.

Beide waren tiefreligiös und über alle Maßen freundlich und hilfsbereit. Nicht selten luden sie den Questore sonn- und feiertags zum Mittagessen ein. Ihre Wohnung war gleichfalls „exotisch" eingerichtet. Kostbare Empire-Möbel, die sie vermutlich geerbt hatten, mischten sich mit billigstem Mobiliar aus Massenproduktion. Dennoch war es aufgrund ihrer Liebenswürdigkeit und Gastfreundschaft einfach „gemütlich" bei ihnen.

Als Bustamante Pacelli nach 13 Uhr anrief und um einen Termin bat, bestand man auch jetzt darauf, dass er erst mit ihnen zu Mittag speiste. Das Menü war von Frau Pacelli zubereitet worden und schmeckte ganz vorzüglich. Danach dann die Besprechung mit dem Gerichtsmediziner.

Pacelli erklärte ihm: Das in den Hostienbäckereien der drei Klöster verwendete Gift war von der absolut gleichen Art wie das, was am Fronleichnamstag auf dem Petersplatz verwendet wurde. Den einzigen Unterschied machte die Stärke der Dosis: am schwächsten war sie auf dem Petersplatz, stärker war sie in den Nonnenklöstern.

„Wenn es im Blick auf Steve nicht so zynisch klingen würde, könnte man sagen: Die Täter üben noch; sie experimentieren noch mit der richtigen Dosis herum!" Bustamante fiel dazu spontan der anonyme „Entschuldigungsbrief" ein: es sei ein Zufall gewesen, Steve zu Tode zu bringen. Dann fügte Pacelli noch ein weiteres Novum an:

„Übrigens bin ich jetzt ziemlich sicher, dass die Vergiftung des Commissario *nicht* mit Rizinin geschah, sondern mit dem verwandten und äußerst ähnlichen Gift Abrin. Dieses findet sich in der sog. Paternostererbse (lat.: Abrus precatorius, ital.: Pisello Paternoster). Der Paternosterbaum ist ein Gewächs, dass es gelegentlich auch bei uns in den Gärten gibt, das aber vor allem in Afrika, vom Senegal bis Nigeria, verbreitet ist. Der merkwürdige Name rührt daher, dass seine Früchte, die ‚Erbsen', oft in Gebetsschnüren (Rosenkränzen usw.) verwendet werden. Die Paternostererbse wirkt wie Rizinin und kann daher leicht damit verwechselt werden, es ist aber durch bloßes Pulverisieren der ‚Erbsen' viel leichter herzustellen als dieses."

Was sollte das nun wieder heißen? Plötzlich war durch die Verschiedenheit der Gifte die scheinbare „Einheit" eines vielfältigen Vergiftungsgeschehens zerstört. Oder war alles doch ganz anders? Mit einem riesigen Dankeschön verabschiedete Bu-Bu sich von den Pacellis. Für heute hatte er die Nase voll. Es reichte!

Er ging nach Hause, machte sich dort eine Pasta aglio e olio, schäkerte ein wenig mit Meister Jacob herum und setzte sich dann an seine kleine elektronische Hausorgel, um die ersten drei Stücke der „Kunst der Fuge" von J. S. Bach zu spielen. Dieses

Wunderwerk an „Ordnung" konnte vielleicht auch Ordnung in seine hin und her oszillierenden, chaotischen Gedanken bringen.

Ein Brief gibt zu denken

Die Dienstbesprechung am folgenden Dienstagmorgen stand unter keinem guten Stern. Der Questore wusste selbst nicht so recht, wie und wo man sinnvollerweise die Untersuchungen über die verschiedenen Vergiftungsfälle weiterführen sollte und konnte. Die Überprüfung der Internet-Cafés hatte bisher nichts erbracht, so war auch die ID-Nummer des PC noch nicht ermittelt. Die fünf gespeicherten Telefonnummern auf dem Handy der beiden Männer, die die Vergiftungen in den drei Klöstern durchgeführt hatten, erbrachten nichts Weiterführendes. Auch hier handelte es sich um Nummern von prepayed Handys, und eine Ortung von ihnen blieb ohne Erfolg. Offenbar waren sie abgestellt oder ihre Chipkarten entfernt worden. „Ich habe fast den Eindruck: Die beiden Männer wollten uns durch das Verschenken des Handys an die Fußball spielenden Jungen nur auf ‚Trab‘ setzen bzw. ‚faken‘. Das sieht sehr nach der ‚Handschrift‘ des Giovanni di Querco aus! Ich bin überhaupt der Meinung, dass wir den Phänomenen der Vergiftung in den Hostienbäckereien der drei Klöster zunächst einmal nicht weiter nachgehen sollten. Das ganze scheint mir nur ein sinnloses Störmanöver zu sein."

Aber was dann? Es fehlte einfach Anregungen für weitere Ermittlungen. Bustamante hoffte auf Einfälle und Ideen seiner Mitarbeiter. Aber auch die tappten im Dunkeln. Vielleicht brachte Marco aus Basel weiterführende Neuigkeiten mit sich! Aber selbst wenn: es war ja keineswegs ausgemacht, eher im Gegenteil, dass alle Fälle zusammenhingen und sich gegenseitig aufklärten. Tatsächlich klopfte es sehr bald an die Tür, und atemlos stürmte Marco herein. Er kam gerade von Basel zurück und war von der Stazione Termini aus zu Fuß zum „Palazzo" gelaufen.

„Viele Neuigkeiten habe ich nicht zu berichten. Nur eines war mehr als merkwürdig: Als ich den Freund von Giovanni di Querco besuchte – übrigens ein Jesuitenpater namens Michael Klinger, der zur Zeit Hochschulpfarrer ist –, kam mir das haargenaue Double von di Querco entgegen. Ich hätte darauf geschworen, dass er es ist. Aber er war es nicht! Deswegen kam mir gleich der Gedanken, dass beide Zwillingsbrüder sind. Aber auch das war's nicht! Ich habe mir nämlich auf dem Basler Einwohnermeldeamt mit Amtsunterstützung der Kantonspolizei die Personaldaten des Jesuiten geben lassen. Der wurde zwar als Säugling adoptiert, und zwar in Lörrach unweit von Freiburg, also in Deutschland, hat demzufolge aber eine andere Staatszugehörigkeit und auch ein völlig anderes Geburtsdatum als Giovanni di Querco, über den ich sofort telefonisch beim römischen Ufficio anagrafico (Einwohnermeldeamt) Auskunft eingeholt habe. Auch er ist zwar adoptiert, aber in Italien und mit einem äußerst unterschiedlichen Geburtsdatum. Also können sie beide nicht Zwillinge sein. Sie seien nur befreundet, sagte mir der Jesuit und erzählte mir vom Beginn ihrer Freundschaft vor ca. 3 Jahren. Trotzdem ist die Ähnlichkeit verblüffend. Und deshalb könnte man durchaus darüber sinnieren, ob nicht doch di Querco Fronleichnam auf dem Petersplatz war, während der Jesuit den Eindruck erweckte, er sei zu Hause."

„Hm!" Mehr hatte Bu-Bu über diese Meinung zunächst nicht zu sagen. Denn selbst wenn es so wäre, würde das im Augenblick nicht viel weiterhelfen.

In dieser Situation, wo niemand recht wusste, wie weiterzumachen sei, kam ein dringender Telefonanruf des Monsignore fast wie eine Erlösung: Der Kardinalstaatssekretär Angelo McIntyre sei gerade beim Papst und habe ihn angerufen, er selbst möchte doch zusammen mit dem Questore möglichst sofort zum Papst kommen. Es seien da einige wichtige Dinge zu besprechen. Natürlich machte Bustamante sich sofort auf den Weg zu Morreni, mit dem zusammen er dann zum kleinen, einfachen Privatbüro des Papstes in die Casa Marta ging. Unterwegs informierte Morreni ihn darüber, dass der Papst einen „unmöglichen" Brief erhalten habe, über welchen die römische Morgenpresse bereits berichtete, noch bevor der Papst den Brief überhaupt kannte. Näheres wisse er aber auch nicht.

Bustamante fragte: „Auf welche Weise bekommt denn überhaupt der Papst einen Brief bzw. seine ‚Post'?"

„Nun, da gibt es erstens die offizielle Post von Seiten der Bischöfe einerseits und Staatsmänner und Politiker andererseits. Diese nicht so umfangreiche Post läuft normalerweise über die Nuntiaturen bzw. jeweiligen Botschaften und gelangt sofort zum Staatssekretariat. Dieses entscheidet darüber, welche Schreiben unbedingt an den Papst persönlich weitergeleitet werden und welche von anderen Dikasterien behandelt und beantwortet werden müssen. Dann gibt es zweitens noch die ‚normale' Post. Die kann an manchen Tagen einen ganzen Postsack in Anspruch nehmen. Da schreiben Menschen aus aller Welt an den Papst, um sich, zum Beispiel, über ihren Pfarrer oder Bischof zu beschweren oder die Dauer ihres Ehenichtigkeitsverfahrens in Frage zu stellen. Sie bitten um sein persönliches Gebet oder berichten von Marienerscheinungen, die sie angeblich gehabt haben. So gibt es Briefe mit allen, wirklich allen nur denkbaren Inhalten."

„Und was geschieht mit diesen Briefen?"

„Die werden auf die einzelnen, meist nach Sprachen und Sprachgruppen gegliederten Abteilungen aufgeteilt. Da sitzen dann irgendwelche ‚Monsignori', die die Briefe ‚im Auftrag des Papstes', wie sie schreiben, beantworten, und zwar mithilfe von ‚Antwort-Konserven' oder auch ‚Passepartouts', die für fast alle Briefanliegen passen. So wird etwa den Briefschreibern empfohlen, statt sich über den Pfarrer oder Bischof zu ärgern, das Gespräch mit ihm zu suchen oder für ihn zu beten usw. Und so gibt es viele andere Gemeinplätze."

„Wenn dann aber mal ein wichtiger Brief oder der Brief einer wichtigen Persönlichkeit bei dieser ‚normalen' Post ist, was dann?"

„Dann geben die Monsignori diesen Brief an eine höhere Stelle, im Extremfall an den Kardinalstaatssekretär weiter."

Man war mittlerweile am Gästehaus S. Marta angekommen. Da ihre Ankunft gemeldet war, wurden sie sogleich bis zum Papst weitergeleitet. Während Morreni schon einige Male mit diesem persönlich gesprochen hatte, meist über kriminelle Finanz-Machenschaften im Vatikan, stand Bu-Bu ihm zum ersten Mal gegenüber. Und dies durchaus „auf Augenhöhe"! Denn der Questore betrachtete sich weder als gehorsamen Diener *di Sua Santità*, noch hatte er die Absicht, sich dem üblichen „byzantinischen Hofzeremoniell" (Handkuss, Anrede) anzugleichen, ganz abgesehen davon, dass er die Anrede „Heiliger Vater" für geradezu blasphemisch hielt. So reichte er dem Papst freundlich die Hand und redete ihn mit „Signor Papa" – „Herr Papst" an, eine Anrede, die, wie er wusste, im Mittelalter völlig normal war. So redete z.B. auch Franz v. Assisi den Papst mit „Dominus Papa" – „Herr Papst" an. Den Papst störte das Verhalten des Questore offenbar überhaupt nicht, im Gegenteil. Er äußerte seine Freude darüber, „endlich einmal" den Questore, von dem er schon so viel gehört habe, kennenzulernen. Nach der Begrüßung der übrigen Anwesenden (des Kardinalstaatssekretärs, dessen Assistenten sowie der Privatsekretärin [!] des Papstes (für Bustamante eine totale Neuigkeit!) ging es gleich zur Sache.

Mit der ganz gewöhnlichen Morgenpost war ein anonymer Brief eingetroffen, den man gleich dem Kardinal weiterreichte. Normalerweise kommen anonyme Schreiben ohne weitere Behandlung sofort in den Papierkorb. Doch diesmal war es aus zwei Gründen anders: Zum einen hatten römische Morgenzeitungen bereits über den Brief berichtet und ihn zum Teil sogar abgedruckt, zum andern war er unterschrieben mit „Eine nicht geringe Anzahl höherer Kurialbeamten", welche ihre Anonymität, also das Fehlen *konkreter* Namen damit begründeten, dass sie keine Kluft aufreißen wollten zwischen Unterzeichnern und Nicht-Unterzeichnern des Briefes. Das Schreiben umfasste 12 engzeilig beschriebene Din-A-4-Seiten. Man hatte Kopien davon hergestellt, so dass alle hier Anwenden den Text vor sich hatten.

„Es würde jetzt zu lange dauern," sagte der Kardinal, „wenn wir ihn im einzelnen lesen und analysieren würden. Das kann später geschehen. Ich möchte Sie bitten, nur die erste Seite und die beiden letzten zu lesen. Dann werden der Papst und ich selbst Ihnen dazu einige Fragen zur Erörterung vorlegen."

Der Brief begann damit, dass die Verfasser detailliert eine Unmenge von Zitaten des jetzigen Papstes anführten, Zitate, die zum Ausdruck bringen, dass er sich für eine ‚Kirche der Armen' einsetzt und für eine ‚dienende Kirche', die sich ohne Macht- und Herrschaftsallüren für die Kleinen und Notleidenden engagiert.

„Inhalt und Stil der ersten Seite gehen dann über fast 9 Seiten so weiter. Alles Zitate des Papstes! Lesen Sie aber bitte dann mal weiter ab der vorletzten Seite!", so der Kardinal.

Gewissermaßen als Abschluss der vielen vorangehenden Seiten mit ihren zahlreichen Papstworten hieß es da:

„In all dem sind wir einer Meinung mit dem Nachfolger des hl. Petrus: Unsere Kirche hat sich im Blick auf das Evangelium zu erneuern. Sie kann nicht bleiben, wie sie ist, sondern muss einen ‚Sprung nach vorn' machen, wie dies heilige Papst Johannes XXIII. auf seiner Eröffnungsrede des II. Vaticanums gesagt hat. Dabei wird sie sich zu orientieren haben an der Armut und Gewaltlosigkeit des Evangeliums. Nur so wird sie dann auch ihre missionarische Kraft entfalten können. Ja, wir teilen auch die Auffassung, die auf der Linie Eurer Heiligkeit liegt: Ein glaubender Mensch kann arm, mittellos und barfuß unter einem Baum sitzen, aber die Welt entflammen, während eine

Krämerseele mit einer Million in Gold und einem Aktienstapel bis zum Dach die Erde ohne positive Spuren verlässt und vergessen wird. "

Als Bustamante diesen Satz las, „funkte" es bei ihm. Er hatte ein exzellentes Gedächtnis, das sich auch jetzt mal wieder bezahlt machte. Er meldete sich sogleich, las den Satz vor und sagte: „Dies ist meiner Erinnerung nach ein wörtliches Zitat aus dem Roman von Morris L. West, ‚In den Schuhen des Fischers'. Dieser Roman ist nicht so bekannt, wie der gleichnamige Film, der sich aber nur sehr locker an den Roman anlehnt. Der Film (nicht so das Buch!) endet mit einer Apotheose des Papstes, worin dieser den ganzen Reichtum und allen Besitz der Kirche an die Armen der Welt verschenkt, eben ‚in den Schuhen des Fischers', des ‚armen' Petrus. Wenn der Brief nun diesen wichtigen Satz wörtlich ohne Angabe der Quelle zitiert, dürfte doch wohl im Hintergrund die Vorstellung der Verfasser stehen, der Papst wolle – wie im Film der erfundene Papst Kyrill – allen Besitz der Kirche an die Armen verschenken."

„So ist es natürlich nicht!", entgegnete sofort der Papst. „Ich bin doch kein Träumer, auch kein ‚Kirchenträumer'. Die Kirche braucht Mittel, um ihre Angestellten zu bezahlen, um ihren Pensionären das Leben zu ermöglichen, um Bildungswerke und Missionen zu unterstützen und – nicht zuletzt! – um den Armen beizustehen. Aber all das schließt eine wirkliche Erneuerung der Kirche nicht aus. Dazu bringt der Brief ja viele Äußerungen von mir. Aber vielleicht lesen Sie weiter, welche Konsequenzen die Briefschreiber daraus ziehen!"

Nachdem im Schlussteil die Verfasser zum Ausdruck bringen, ganz der gleichen Auffassung wie der Papst zu sein und ihm in bedingungsloser Treue und totaler Loyalität zu folgen, kommt der Brief auf die zahlreichen Vergiftungsfälle der letzten Tage zu sprechen. Sie alle haben – hieß es ausdrücklich – „erwiesenermaßen" das Ziel, den Papst unter Druck zu setzen, ja, zu erpressen,

auf dass dieser endlich sein Bild von der „Kirche der Armen"
verwirklicht und klare Fakten der Erneuerung realisiert.

„Das aber ist unseres Erachtens unter diesen Umständen völlig unmöglich! Ein Papst darf sich nicht erpressen lassen und darf schon gar nicht unter äußerem, kriminellen Druck unumkehrbare Fakten setzen, die an die traditionellen Fundamente der Kirche als einer ‚irdischen Institution', die in der Fleischwerdung des Logos gründet, rühren. Wir beschwören daher Seine Heiligkeit: Er möge, so sehr wir seinen Traum von der Kirche teilen, im Augenblick und in absehbarer Zukunft nichts in dieser Hinsicht unternehmen. Eine Erpressbarkeit des Papstes würde nur die Gläubigen in aller Welt verwirren, sie an seiner Integrität zweifeln lassen und sie daran hindern, dem Papst auf seinem Weg zu folgen.

Diximus et salvavimus animas nostras.
Anulum piscatoris osculantes sensus nostrae omnimodae pietatis et devotionis erga Sanctitatem vestram profitemur.
Addictissimi in Christo Domino servi:
*Non pauci cooperatores in Curia Pontificia superiores. "**

Der Questore musste erst einmal schwer durchatmen. Doch bevor
er noch einen klaren Gedanken fassen konnte, sagte der Papst:

---

* Der erste Teil der lateinischen Schlussfloskel ist eine alte, hier allerdings in den Plural gesetzte Phrase, die an Ez 3,19 anknüpft und übersetzt lautet: „Wir haben gesprochen und unser Leben gerettet", gemeint ist dies im Sinne von: Wir haben unser Gewissen entlastet, gleich ob der Angesprochene daraus Konsequenzen zieht oder nicht. – Der zweite Teil ist eine der vielen vor dem II. Vaticanum üblichen Schlussformeln in Briefen, die an den Papst gerichteten sind. Sie lautet übersetzt: „Den Fischerring küssend, erklären wir unsere völlige Treue und Devotion gegenüber Ihrer Heiligkeit: Ihre im Herrn unbedingt ergebenen Diener: Nicht wenige an der Päpstlichen Kurie tätige höhere Mitarbeiter".

„Ich habe dazu Fragen und Sie zur Beantwortung bzw. zu einem guten Rat hergebeten. Im Grunde sind es zwei Haupt- und dann einige Randfragen. Das erste Problem ist der Hintergrund dieses Briefes. Dessen Absicht ist ja klar genug: Ich soll in Richtung Kirchenreform nichts unternehmen, weil ein Papst sich nicht erpressen lassen darf. Frage: Wo kommt eigentlich die Idee der Erpressung her bzw. wer ist überhaupt auf die Idee gekommen, die verschiedenen Vergiftungsphänomene der letzten Wochen hätten etwas mit einer Erpressung von mir zu tun, sie hätten das Ziel, die Erneuerung der Kirche voranzutreiben?"

Es meldete sich Monsignore Morreni: „Heiliger Vater, zum ersten Mal habe ich von Erpressung in einem völlig anderen Zusammenhang gehört. Nach der ersten leichten Vergiftung am Himmelfahrtstag äußerte *Kardinal Federigo Bartucci* die Sorge, Eure Heiligkeit könne sich dadurch erpressen lassen, keine großen Gottesdienste mehr auf dem Petersplatz abzuhalten. Aber was in diesem Brief hier zum Ausdruck kommt, ist ja etwas anderes und greift viel, viel weiter. Über dessen Hintergrund, Heiligkeit, haben wir ja vor 2-3 Monaten schon miteinander gesprochen: Etwa zwei Drittel der höheren Kurialbeamten stellen sich gegen Sie und Ihre Reformziele. Ich sage das jetzt auch in Gegenwart des Kardinalstaatssekretärs, von dem ich ganz sicher weiß, dass er nicht zu diesen zwei Dritteln gehört. Jedenfalls gilt von der Treue- und Loyalitätsbezeugung dieses Briefes: ‚puzza e menzogne' –‚erstunken und erlogen'. Es geht einzig und allein darum, Sie von grundsätzlichen Erneuerungen, wie z.B. der Aufgabe der Eigenstaatlichkeit des Vatikans, abzuhalten. Die Interpretation, man wolle Sie durch die verschiedenen Vergiftungen dazu anhalten und stimulieren, die Erneuerung der Kirche voranzutreiben, scheint mir schlicht und einfach nur dazu erfunden zu sein, Sie eben davon abzuhalten. Man will damit ein Argument haben, alle von Ihnen geplanten Fortschritte zu unterbinden."

„Das heißt," warf der Papst ein, „die Idee ‚Erpressung' könnte von den Schreibern selbst in die Welt gesetzt worden sein. Dafür spricht ja auch, dass dieser Brief, bevor er das Staatssekretariat bzw. mich erreicht hat, schon an die Presse weitergegeben wurde und durch sie alle Aufmerksamkeit auf ‚eine mögliche Erpressung des Papstes' gerichtet wurde. Und ..."

„...und dies," unterbrach der Questore, „geschah auch schon mit den Vergiftungen in den drei Klöstern. Auch hier war die Presse mit der Interpretation ‚Der Papst soll erpresst werden!' ganz schnell bei der Hand. Ebenso wurde durch Medien und Social media auch die Vergiftung auf dem Petersplatz an Fronleichnam in die gleiche Kategorie eingeordnet. Nur die Ermordung des Commissario Hopkins blieb von dieser Einordnung ausgenommen. Vielleicht weil die Presse davon kaum Kenntnis genommen hat."

„Das heißt aber", ergänzte der Monsignore, „erst baut man selbst die Idee einer ‚Erpressung' auf, um sie dann als Argument gegen alle Kirchenreform zu verwenden."

„Das alles ist schon mehr als eine Intrige!", meldete sich der Kardinalstaatssekretär: „Man setzt in die Welt, der Papst werde erpresst, um die Kirche möglichst bald und intensiv zu erneuern, um dann mit Hinweis auf diese Erpressung jede Erneuerung zu verhindern. Das ist ein Ränkespiel, das ist Verschlagenheit und dunkle Machenschaft!"

„Offen bleibt dann natürlich die Frage", bemerkte der Papst, „ob nicht sogar für die Vergiftungen selbst einige Kuriale verantwortlich sind? Ich sage nicht, dass sie persönlich solche Vergiftungen durchgeführt haben. Aber ob sie die nicht vielleicht angeregt und in Auftrag gegeben haben, um einen Grund für eine mögliche Erpressung zu konstruieren und damit ein Argument gegen alle Reformen zu haben?"

„Sehr gut möglich!", meinte der Questore. „Allerdings bezweifle ich dies in Bezug auf die ‚Fronleichnamsvergiftung'. Die scheint mir immer noch eher eine Ausgeburt des jungen Juristen zu sein, der mal ein perfektes Verbrechen simulieren wollte."

Der Papst ging darauf nicht weiter ein, sondern stellte die Frage: „Was meinen Sie; Questore: Kann man damit rechnen, dass Sie in absehbarer Zeit herausbekommen, wer hinter den Vergiftungen steht und wer das Ganze mit der Idee einer Papst-Erpressung kombiniert?"

„Das ist sehr schwer zu sagen! Wir werden alles dransetzen. Aber ich sage auch ganz offen, dass für uns die Aufklärung des Mordes an unserem Kollegen Steve Hopkins im Vordergrund steht. Wobei natürlich hier auch alles zusammenhängen kann."

Der Papst nickte zustimmend.

Da hatte der Questore noch eine Idee: „Gehen wir mal davon aus, dass die Idee der Erpressung sich einer Intrige von Kurialen verdankt, so wäre doch zu überlegen, ob man nicht eine Art Gegen-Intrige planen könnte, anders gesagt, ob man die Intriganten nicht in das Netz der eigenen Intrige einfängt. Schon in der Heiligen Schrift, besonders in den Psalmen kommt doch ganz häufig der Gedanke vor, dass Gott ‚die Übeltäter mit dem Netz, das sie selbst gelegt haben, fangen möge‘ und so ‚ihr Tun auf sie selbst wende‘, dass sie in die ‚Grube, die sie andern gegraben haben, selbst hineinfallen‘.*Solche und andere Worte eröffnen doch wirklich eine Handlungsperspektive!"

„Wie stellen Sie sich das konkret vor?"

Mit einigen plakativen Strichen entwarf Bustamante einen Gegenplan, der die übrigen Anwesenden immer mehr faszinierte. Doch der Papst äußerte Bedenken, er könne dadurch selbst in ein Zwielicht und auf eine trügerische Bahn geraten. An dieser Stelle erlebte der Questore (und vermutlich auch die übrigen Anwesenden) den „Segen" einer weiblichen Privatsekretärin. Sie redete dem Papst nicht nur gut und verständnisvoll zu, sondern hatte auch die glänzende Idee, sofort bei einigen diplomatischen hotspots des Vatikans anzurufen, um zu erfahren, ob diese bereits in Urlaub waren und infolgedessen einlaufende Post nicht mehr checken und mit einem Tagesstempel versehen konnten. Tatsächlich stellte sich heraus, dass die entscheidenden Stellen bereits seit dem Dreifaltigkeitssonntag, dem Sonntag nach Pfingsten, in Urlaub waren. Damit konnten die Bedenken des Papstes entkräf-

---

* Psalm 35,8; 28,4; 57,7.

tet werden, so dass dieser schließlich seine Zustimmung gab, unter der Bedingung freilich, darüber allerstrengstes Stillschweigen zu wahren. Seine anschließende Bitte, über den weiteren Stand der Ermittlungen fortlaufend informiert zu werden, deuteten die Anwesenden als Zeichen der Beendigung der Konferenz. Ein paar Abschiedsworte und gute Wünsche des Papstes geleiteten Questore und Monsignore hinaus.

„Ich würde, obwohl es schon fast Mittag ist, gern noch ein paar Minuten mit zu Dir, Salvatore, kommen," wandte Bustamante sich an den Monsignore, „ich hätte da noch einige Fragen!"
„Okay, komm mit in meine Wohnung!"

Morreni besaß eine kleine, bescheidene, aber äußerst geschmackvoll eingerichtete Wohnung im obersten Stockwerk der Direktion des Vatikanischen Rundfunks, ganz in der Nähe der Vatikanischen Gärten, am höchsten Punkt des kleinen Kirchenstaates. Man nahm auf einer winzigen Terrasse Platz mit einem herrlichen Ausblick über die päpstlichen Gartenanlagen hinweg auf das „Ewige Rom".
„Ich möchte", so der Questore, „einfach nochmals der Frage nachgehen, woher die Idee der Papsterpressung letztlich stammt."
„Nun, wie Du schon weißt, wurde sie meines Wissens erstmals am Morgen nach der Ankündigung von di Querco in der informellen Versammlung in der Sala Clementina erhoben, aber nur im Zusammenhang mit der Papstliturgie auf dem Petersplatz. Man proklamierte, der Papst dürfe an den großen Eucharistiefeiern mit der Massenausteilung der Kommunion nichts ändern, wolle er sich nicht dem Verdacht der Erpressbarkeit aussetzen. Aber jetzt geht das ja weit darüber hinaus! Plötzlich wird ‚Papsterpressung' zum großen Schlagwort gegen alle nur denkbare Erneuerung in der Kirche. Vielleicht hat Kardinal Bezzara dort und damals diese anfänglich noch harmlose Idee aufgeschnappt und sie dann weitergeführt, besser würde man sagen: er hat sie von Grund auf umgewandelt."

„Was hältst Du von ihm? Ich hatte und habe mit ihm im Zusammenhang mit der Ermordung von Steve zu tun."

„Nun, auf der einen Seite ist er ein äußerst freundlicher, hilfsbereiter, immer lächelnder Zeitgenosse, auf der anderen Seite zählt er sicher zu den führenden Widersachern des jetzigen Papstes. Er wirft ihm vor, die marxismus-nahe südamerikanische ‚Theologie der Befreiung' gesamtkirchlich durchsetzen zu wollen. Aber im Hintergrund dürfte etwas ganz anderes stehen: Er und seine ‚Kongregation für die Evangelisierung der Völker' erhalten Jahr für Jahr mit Abstand das meiste Geld aus dem vatikanischen Budget, und der Kardinal kann damit mehr oder minder machen, was er will. Darum hat er auch einen so großen Einfluss: Wer mit ihm gutsteht, kann damit eine reichlich ‚sprudelnde Quelle' anzapfen."

Nach einer längeren Pause fügte er hinzu: „Ich muss Dir in diesem Zusammenhang noch etwas gestehen, was ich bisher für mich behalten habe." Und er begann zu erzählen, dass und warum er es für nötig hielt, so etwas wie „Undercover-Agenten" in einigen kurialen Institutionen zu haben, d.h. Leute, auf die sich der Papst verlassen könne und die ihm, dem Monsignore, rechtzeitig mitteilten, wenn da wieder etwas gegen den Papst ausgeheckt werde. Von einem dieser „Agenten", einem Minutanten* im Dikasterium von Kardinal Bezzara, wusste er, wie hochaggressiv dieser auf alle Reformschritte des Papstes, vor allem auch auf dessen Betonung einer armen, bescheidenen Kirche reagierte.

„Ich muss Dir dazu mal was zeigen." Morreni stand auf, ging zu einem Schrank mit unzähligen Akten, zog eine davon heraus, kramte darin und entnahm einige Seiten, die er anschließend kopierte und dem Questore gab.

„Mein Gewährsmann hat mir einen Auszug aus einem Referat gemacht, das Kardinal Bezzara vor den Mitarbeitern seiner ‚Kon-

---

* „Minutant" bedeutet ursprünglich „Protokollant". In der römischen Kurie zählt er zu einer der untersten Dienststufen und besagt so viel wie „Sachbearbeiter".

gregation' gehalten hat. Das Thema war ‚Wider die Ideologie der Armut'. Lies mal darin, und Du wirst sehen, was da so läuft."

Bustamante suchte sich durch schnelles diagonales Lesen einen Überblick zu verschaffen. Der Kardinal begann sein Referat mit einem Wort von Ramakrishna: „Religion ist nichts für leere Mägen!" Sodann erläuterte er diese These:

„Arme Leute quälen sich notgedrungen hauptsächlich mit dem Dahinwurschteln ab und reiche Leute meist mit dem Vermehren von irdischen Gütern und Sinnesgelüsten. Ein religiöses und damit geistiges Leben gelingt daher meist nur der Mittelschicht. Und das zu Recht! Dies zeigt schon Jesus selbst und seine Familie. Damit damals einer würdig ist, sich in Steuerlisten des Römischen Reiches eintragen lassen zu müssen (vgl. Lk 2) und Steuern bezahlen zu können, kommen keine armen Leute in Frage. Josef, der Vater Jesu, hatte ein Zimmerei-Gewerbe, war eher ein Baumeister mit einer Reihe von Angestellten; er war Grundstücksbesitzer und hatte Immobilien, sonst wäre er nicht nach Bethlehem beordert worden. ... So war es auch mit den Jüngern Jesu: Fischer waren damals Gewerbetreibende, hatten Boote meist mit Angestellten und Helfern. Auch die bekannten Jüngerinnen gehörten durchwegs der gehobenen Schicht an. ... Die Rede von der ursprünglich armen Kirche ist also ein Mythos, eine Erfindung, eine Täuschung. Der ursprüngliche Ort der Kirche, wie Jesus sie gewollt hat, ist die Mittelschicht der Menschen. ... Daraus ergibt sich als klare Konsequenz: Wenn man z.B. die aggressive Migration von Wirtschaftsflüchtlingen nach Europa mit der ‚armen' Familie Jesu und den ‚armen' ersten Jüngern in Verbindung zu bringen und ihnen deshalb beizustehen sucht, wie es die Gutmenschen, voran der Papst, die Bischöfe, manche Staatsoberhäupter, Prominente usw. tun, so disqualifiziert man sich bei genauem Hinsehen von selbst ... "

„Irgendwie kommt mir das blödsinnig vor!", bemerkte Bu-Bu.

„Ja, nicht nur ‚irgendwie‘! Das ist Ideologie vom – paradoxerweise! – zugleich Gröbsten wie Feinsten. Und so versteht man, in was für Gedankengespinsten sich die ‚Gegner‘ des Papstes bewegen und weshalb sie sich gegen ihn verschworen haben."

„Jetzt mal ganz direkt gefragt: Hältst Du den Kardinal für fähig, unseren Commissario zu vergiften, um ein weiteres Argument für eine Erpressungskampagne zu haben?"

„Nein, eigentlich nicht! Man spinnt zwar im Hintergrund alle möglichen Intrigen gegen den Papst und seine Anhänger, aber man hält sich mit äußeren Aktionen, die einen belasten könnten, sehr zurück. Möglich, dass man zwei Leute beauftragt, in den Hostienbäckereien der Klöster mal etwas harmloses Gift zu verspritzen – aber das ist meines Erachtens schon das Höchste der Gefühle. Verstecktes Sich-Zurückhalten und geheimes Intrigen-Spinnen; das sind die Grundhaltungen dieser Leute!"

In der folgenden kurzen Gesprächspause fiel Bu-Bu ein, was ihm einmal ein hoher Kurialbeamter gesagt hatte: Mir kommt es vor, als ob jeder von uns sich einen Strauch sucht, hinter dem er sich verstecken und die Situation beobachten kann. Bloß nicht auffallen, bloß nicht öffentlich einen entschiedenen Schritt tun! Stattdessen Intrigen spinnen, darauf warten, was andere tun und sich dann vielleicht anschließen! Soweit der Kuriale. All das würde gut zu dem passen, was Salvatore ihm gerade erzählte.

„Danke, Salvatore!", verabschiedete sich der Questore. „Ich muss jetzt erst mal mit meinen Leuten sprechen. Ich halte Dich auf dem Laufenden! Und Du, halte mich auf dem Laufenden, was die von uns besprochene ‚Gegen-Intrige‘ betrifft. Ich werde sie natürlich geheim halten, auch vor meinen Leuten. Ciao!"

Fahndungsergebnisse

Während der Questore im Vatikan war, machten sich seine Mitarbeiter daran, offene Fragen abzuarbeiten. Marco und Luccio gingen gleich nach der Siesta zum emeritierten Staatsanwalt Veglianti und anschließend zu dessen Neffen Agostino di Querco, dem Vater von Giovanni.

Fil und Carla, die über gute Beziehungen zu Journalisten und anderen Medien-Leuten verfügten, wollten der Frage nach dem Ursprung der Erpressungsidee weiter nachgehen.

Rosalinda und Alfreddo recherchierten im Netz über Giovanni di Querco und den Jesuitenpater Michael Klinger, sodann über den Regens des Propaganda-Kollegs sowie über Kardinal Bezzara.

Nur im Fall der Ermordung von Steve ging so recht nichts weiter. In diesem totalen Nebel wollte auch niemand dem Questore selbst vorgreifen.

Dieser ging nach den Gesprächen im Vatikan, einer winzigen Mittagsmahlzeit und einer ausführlichen Siesta zur Curia Generalis der Jesuiten nahe dem Petersdom und führte dort ein längeres Gespräch mit dem Delegaten der Deutschen Jesuitenprovinz über Pater Klinger. Sodann meldete er sich für den Folgetag bei Kardinal Bezzara an, nicht in dessen Suite im Propaganda-Kolleg, sondern in den offiziellen Räumen der „Kongregation für die Evangelisierung der Völker". Den Abend verbrachte er mit einem

Spaziergang über die Höhen des Gianicolo, von dem aus er einen herrlichen Sonnenuntergang erlebte: Der von der untergehenden Sonne in Goldfarben getauchte Himmel wurde reflektiert von den unzähligen Gebäuden Roms, deren Ockerfarben jetzt gleichfalls golden zu glänzen schienen. Der Lärm der Stadt war auf dieser Distanz gedämpft, so dass man das Abendlied der Vögel vernehmen konnte. Alles war friedlich, alles in goldenem Licht. Und der Mensch?

Während er über „Größe und Elend des Menschen" (Blaise Pascal) nachdachte, ging er langsam den Gianicolo hinunter. Um auf der Ponte Mazzini den Tiber zu überqueren, musste er auf die andere Seite des Lungotevere Gianicolense gelangen. Er betrat vorsichtig einen Zebrastreifen (an den sich freilich die Römer sehr, sehr wenig halten) und hatte noch nicht die Mitte der Straße erreicht, da hielt mit rasender Geschwindigkeit ein Auto auf ihn zu, so dass Bustamante automatisch zurückhupfte. Aber zu spät! Das Auto erfasste ihn noch leicht und schleuderte ihn auf den Bürgersteig, während es selbst ohne anzuhalten weiter raste. Ganz benommen versuchte der Questore aufzustehen. Als er aber sah, dass er an Füßen und Armen blutete und sich heftige Schmerzen einstellten, blieb er noch einen Augenblick liegen. Mittlerweile hatten sich einige Leute um ihn versammelt, und einer hatte wohl sogleich die Rettung alarmiert, die dann auch schnell eintraf und den Questore in das nahegelegene Ospedale di Spirito Santo einlieferte. Die Verletzungen, alles größere oder kleinere Schürfwunden, stellten sich nicht als besonders gefährlich heraus. So konnte Bustamante, nachdem man ihn verbunden und Schmerzmittel gegeben hatte, bald wieder entlassen werden. Ein Gedanke ging ihm in der ganzen Zeit nicht aus dem Kopf: War er zufällig von diesem Wahnsinnsfahrer getroffen worden, oder hatte man ihm aufgelauert? Für Letzteres sprach sein Eindruck, dass der Raser direkt auf ihn zugehalten hatte. Jedenfalls beschloss er, in Zukunft aufmerksamer seine Umgebung zu beachten.

Auf der Dienstbesprechung des folgenden Morgens war natürlich der Unfall des Vice das Thema Nummer eins. Auch seine Mitarbeiter wollten nicht ausschließen, dass man es auf ihren Chef bewusst abgesehen hatte.

Alsdann wurden die Ergebnisse des vergangenen Tages zusammengetragen.

Der Bericht von Fil und Carla: Ihnen gut bekannte Journalisten und Vatikanisten hatten ihnen mitgeteilt, die Idee der Papst-Erpressung sei in verschiedenen Hintergrundgesprächen mit Kurialen übereinstimmend vertreten worden. Bei Rückfragen nach Details erhielten die Journalisten immer nur die gleiche Antwort: Man könne ihnen mit Rücksicht auf den Persönlichkeitsschutz keine Namen nennen, aber es gäbe namhafte Kirchenmänner, die den Papst massiv unter Druck setzten, endlich vorwärts zu machen. Auch als die meisten Medienvertreter Skepsis an dieser Interpretation der Vergiftungsvorfälle äußerten, blieb man bei der These. Selbst ein bekannter investigativer Journalist kam bei seinen Recherchen nicht weiter: Ohne weitere Argumente vorzulegen, blieb eine Reihe von Kurialen bei ihrer Interpretation der Giftanschläge als Papst-Erpressung *für* eine baldige Erneuerung der Kirche.

„Das heißt aber," äußerte Bustamante, die ganze Erpressungsgeschichte ist vermutlich von bestimmten kirchlichen Kreisen erfunden worden, um ihr Süppchen darauf zu kochen. Völlig unverständlich ist mir nur, dass die Mehrzahl der Journalisten, die ja *persönlich* mit ihrer Skepsis durchaus auf dem rechten Weg sind, in ihren *Medien* die Idee der Erpressung so ohne weiteres weitergegeben haben und sogar immer noch weitergeben. Vermutlich konnte und wollte man der Versuchung, etwas Sensationelles zu berichten, nicht widerstehen!"

Rosalinda hatte gleich zwei Neuigkeiten parat: Der PC, von dem die e-mail an Bu-Bu ihren Ausgang nahm, stand in einem Internet-Cafè in Trastevere. Doch lag keine Kopie vom Personalausweis des Benutzers vor. Der Inhaber des Cafès erinnerte sich nur, dass ein Schwarzafrikaner ihn gebeten habe, kurz einen PC zu benutzen, um mit seiner Familie ganz dringenden Kontakt aufzunehmen. Er habe seinen Personalausweis nicht dabei, aber es gehe rasend schnell, in weniger als in einer Minute. Deshalb verzichtete der Inhaber darauf, sich den Ausweis vorlegen zu lassen. „Nun ja," meinte der Questore, „natürlich denkt man spontan an den liberianischen Priester, aber das könnte auch sehr voreilig sein."

Weiter berichtete Rosalinda: Sie hatte nichts über den Regens des Propaganda-Kollegs herausgebracht, wohl aber über Pater Klinger. Dessen Primiz fand vor nicht allzu lange Zeit runter merkwürdigen Umständen statt: Der Volksaltar in der Kirche des kleinen Schwarzwalddorfes musste dazu entfernt werden, die Feier fand ganz in Latein statt, nicht nur die Gesänge, sondern auch die Lesungen. Sogar die Fürbitten, die doch das „Gebet des Volkes" sind, mussten lateinisch vorgetragen werden. Alles war wie vor 100 Jahren. „Darüber findet auch jetzt noch", bemerkte Rosalinda, „ein lebhafter und polemischer Austausch im Netz." Fazit: Pater Klinger musste wohl zu den extrem Konservativen gehören.

Bustamante machte da gleich weiter: „Gestern war ich an der Curia generalis der Jesuiten. Beim Delegaten der Deutschen Provinz erfuhr ich, dass man Pater Klinger nur mit allergrößten Vorbehalten zur Weihe und zu den Gelübden zugelassen habe. Er zählte schon als Student zur ‚estrema destra', war völlig rückwärtsgewandt und hatte für das letzte Konzil nur schärfste Kritik übrig. Auf einem Treffen der extrem konservativen Europäischen Pfadfinder in Rom lernte Kardinal Bezzara ihn kennen und fand sogleich Gefallen an ihm; er bat den Jesuitengeneral darum, ihn nach der Weihe in seinem Dikasterium mitarbeiten zu lassen. Man gab dieser Bitte statt, fand dann aber einige Monate später, dass ihm dieses Milieu nicht guttat und zog ihn wieder ab. Da man hoffte, dass er in der liberalen Schweiz und im studentischen Umfeld vielleicht an Offenheit gewinnen könne, machte man ihn zum Studentenpfarrer in Basel. Aber auch dort igelte er sich ein, umgab sich nur mit konservativen Studenten und feierte den

Gottesdienst fast nur im tridentinischen Ritus. Ich denke: Wir werden auf seine Funktion in unseren Fällen nochmals zurückkommen müssen. – Ach, und da ist noch etwas: Die beiden Jungen, die für den ‚Streich‘ am Himmelfahrtstag verantwortlich sind, verschwanden auf rätselhafte Weise am Tag vor den Ferien aus dem Preseminario und tauchten danach zu Hause nicht auf. Wir müssen auch das im Auge behalten.“

Die Geschichte, die Marco und Luccio zu berichten hatten, war ungleich länger. Sie hatten ein ausführliches Gespräch mit dem Vater des jungen Juristen, mit Signore Gian-Marco di Querco geführt. Es war ein hartes Gespräch, weil der es an entscheidenden Stellen immer wieder abblocken wollte. Doch schließlich bequemte er sich, die volle Wahrheit zu sagen. Und die sah so aus: Weil er und seine Frau keine Kinder bekommen konnten, entschieden sie sich für eine Adoption. Es wurde ihnen bald ein Zwillingspärchen offeriert, das unmittelbar nach der Geburt zur Adoption freigegeben worden war. Signora Querco war von den beiden Jungen entzückt, bat aber darum, nur einen davon zur Adoption zu übernehmen, da sie sich mit zwei Kindern überfordert fühlte. Aber die Trennung von Zwillingen war und ist nach italienischem Gesetz nicht möglich. So entschied sich die Signora trotz Bedenken ihres Mannes für beide Jungen. Doch sie war und blieb psychisch außerordentlich labil, sie hatte auch bereits einen monatelangen Aufenthalt in einer psychiatrischen Klinik hinter sich. So war es nicht verwunderlich, dass sich bereits nach 2-3 Monaten herausstellte: Sie schaffte es mit beiden Zwillingen überhaupt nicht mehr und ging psychisch buchstäblich vor die Hunde. Beide Zwillinge wieder abgeben, wollten sie aber auch nicht. Da verfielen sie auf eine Idee, die sie mit einem befreundeten Arzt in der Schwarzwaldmetropole Freiburg durchführten. Sie kannten Freiburg und den Arzt von einigen Ferienaufenthalten her. Der Arzt stellte einem der Zwillinge einen Totenschein aus, und die Signora legte das Baby in eine Baby-Klappe im Elisabethen-Krankenhaus in Lörrach ab. Von dort aus kam es zu seiner Adoption seitens einer deutschen Familie. Deswegen gab es also ein unterschiedliches „amtliches" Geburtsdatum der Zwillinge, deswegen eine unterschiedliche Staatsangehörigkeit. Signora di Querco starb, als Giovanni 15 Jahre alt war. Etwa 3 Jahre später teilte der Vater ihm seine Geschichte mit, und Giovanni machte sich daran, seinen Zwillingsbruder zu suchen. Dies war nicht schwierig, da der Vater ihm den Tag seiner Ablage in Lörrach mitteilte und er damit über das Baby-Klappen-Tagebuch der Klinik seinen Zwillingsbruder aufspüren konnte. So trafen sich beide Zwillinge wieder und hatten seitdem innigsten Kontakt miteinander.

„Das heißt also," bemerkte der Questore, „wir können davon ausgehen, dass mit großer Wahrscheinlichkeit die Zwillinge zusammen die Vergiftung am Fronleichnamstag durchgeführt haben. Doch ob wir das je werden beweisen können? Ob wir es dem einen oder anderen zuordnen können? Fraglich! Vielleicht bekommt der junge Jurist dann doch noch recht mit seinem ‚perfekten Verbrechen'! Oder es war doch alles ganz anders. Denn angesichts der verschiedenen Informationen über Pater Klinger könnte man auch in Betracht ziehen, dass das eigentliche Ziel der Vergiftung gar nicht die Absicht war, ein ‚perfektes Verbrechen' zu begehen, sondern an der großen Intrige einer ‚Papst-Erpressung' aktiv mitzumachen. Aber lassen wir das zunächst mal so stehen und wenden uns vor allem dem Mord an Steve zu! Und da müssen wir uns wohl nochmals mit dem Propaganda-Kolleg befassen."

Die folgende halbe Stunde diente dem Austausch über das Gehörte und der Entwicklung der nächsten strategischen Schritte. Hier wollte der Questore den ersten Schritt tun, indem er Kardinal Bezzara um ein persönliches Gespräch ersuchte.

Entlarvende Gespräche, oder: Vom „gift" zum „Gift"

Bustamante betrat zum ersten Mal die Räume der „Kongregation für die Evangelisierung der Völker" an der Piazza di Spagna. Das, was sich da vor ihm auftat, war äußerst aufwendig, teuer und prächtig, bei Kleidung würde man sagen: total „overdressed". Offenbar hatte man bei Einrichtung und (künstlerischer) Ausstattung keine Kosten gescheut. Das galt in noch einmal höherem Maß für das Dienstzimmer des Kardinals, in das er von dessen Sekretär geleitet wurde: es war einfach luxuriös, pompös, protzig.

Nachdem er freundlich begrüßt worden war und Platz genommen hatte, bemerkte der Kardinal lächelnd: „Questore, ich sehe es ihrem kritischen Blick an: Sie echauffieren sich vermutlich über den Einrichtungsstil meiner Dienststelle. Das ist natürlich Ihr gutes Recht. Aber Sie müssen wissen: Hier verkehren fast ausschließlich Vertreter der nichtwestlichen Welt. Und da gelten andere Gesetze. Nehmen wir zum Beispiel Kamerun, meine Heimat. Jeder, der da etwas Besonderes ist, muss das auch nach außen darstellen. So ist etwa jedes Haus eines Häuptlings mit einem doppelten Dach gedeckt, und entsprechend haben viele Kirchen sogar ein dreifaches Dach als Zeichen dafür, dass dies das Haus des ‚Oberhäuptlings' Christus ist. Man könnte kurz sagen: In Afrika ist ‚Sein' nicht ‚Schein', sondern ‚Darstellung'!"

„Interessant! Aber könnte es nicht sein, dass der ‚Oberhäuptling' die Sache anders sieht und anders händelt?"

„Na, tun Sie nicht so! Ich weiß doch, dass Sie sich in Wirklichkeit gerade nicht als ‚Jünger Jesu' verstehen. Also was sollen solche Bemerkungen, die eher ein Appell sind?"

„Das Wort ‚Appell' ist gut. Denn ich nehme zur Zeit zwei ganz unterschiedliche Appelle wahr: einmal den des Papstes, den Aufruf zu einer armen, bescheidenen und barmherzigen Kirche der Armen und Kleinen und zum andern die Einstellung nicht weniger Kurialen, an den bisherigen Besitz- und Machtstrukturen der Kirche festzuhalten."

„Questore, reden wir nicht lange drumherum! Natürlich sind Sie hier, um herauszufinden, ob ich selbst oder Leute meiner Richtung das Unternehmen ‚Papst-Erpressung' gestartet haben, um weitere Veränderungen in der Kirche zu stoppen. Ich weiß ja, dass Sie und Ihre Leute in dieser Richtung recherchieren. Und deshalb, machen wir's kurz: Ja, ich stehe dazu! Ich halte den Kurs des Papstes für falsch, mehr noch: für kirchenzerstörerisch. Deshalb haben Freunde von mir mit nicht sehr gravierenden Mitteln wie mit den leichten Vergiftungen und deren ‚öffentlicher Interpretation' als Erpressung versucht, einen Kontext bzw. ein Klima zu schaffen, das es dem Papst verbietet, beim Abbau traditioneller kirchlicher Strukturen weiterzumachen.

„Gut, lassen wir das! Ich habe da eine Reihe von Fragen. Zunächst einmal: Kennen Sie den deutschen Jesuitenpater Michael Klinger?"

„Wer soll das sein?"

„Eminenza, diese Gegenfrage ist doch wohl ein Ausweichmanöver. Immerhin hat dieser Mann als Minutant bei Ihnen gearbeitet!"

„Ach ja! Ich erinnere mich; es gibt so viele Menschen, mit denen ich zu tun habe oder hatte. Der Pater war ein braver Junge, aber der Orden hat ihn dann wieder abberufen. Was ist mit ihm?"

„Spielt er eine Rolle in dem, was Sie, Eminenza, das ‚Unternehmen Papst-Erpressung' nennen?"

Der Kardinal lächelte und schwieg längere Zeit. Offenbar dachte er intensiv darüber nach, ob und wie weit er wirklich seine

Karten aufdecken sollte. Schließlich bemerkte er vorsichtig: „Jjjja! – Aber all das, was ich jetzt sage, sage ich Ihnen sub secreto strictissimo (als striktestes Geheimnis). Nur unter dieser Bedingung setze ich mein Gespräch mit Ihnen fort. Das heißt: Sie können natürlich Ihren Mitarbeitern vom *Inhalt* dieser Unterredung berichten, jedoch nicht die *Quelle* aufdecken, von der Sie ihn erhalten haben. Ist das für Sie o. K., können Sie mir das verbindlich zusagen?"

„Ja, das ist in Ordnung, ich sage es Ihnen verbindlich zu! Zurück zur Frage: Pater Klinger und sein Zwillingsbruder haben also das Drama an Fronleichnam durchgeführt?"

„Und natürlich auch das vom Himmelfahrtstag!"

„Auch das vom Himmelfahrtstag?!" Bustamante kriegte sich nicht mehr ein, er war einfach baff. Damit mussten dann ja einige Karten ganz neu gemischt werden. „Ich dachte, das sei ein übler Streich von zwei Burschen aus dem Preseminario S. Pio X gewesen."

„So sollte es wohl auch zunächst aussehen. Aber über die Vermittlung des Regens, der die beiden Jungen von einem Besuch des Preseminario her kennengelernt hatte, hat Pater Klinger die beiden zu ihrem ‚Streich‘ motiviert und ihnen auch dabei geholfen."

Also steckte doch mehr dahinter! „Aber wie konnten die den Regens sozusagen ins eigene Boot holen?"

„Das ist ein Thema für sich! Der Regens ist so etwas wie ‚erpressbar‘."

Bustamante erinnerte sich an das, was Carla ihm über ein mögliches Verhältnis zwischen dem Regens und seiner Sekretärin gesagt hatte. So fragte er:

„Wegen der Beziehung zu seiner Sekretärin?"

„Ja! Und dann haben natürlich der Padre, der der eigentliche Initiator und Organisator des Ganzen war, und dessen Zwillingsbruder di Querco auch die kleinen Vergiftungen in den Hostienbäckereien organisiert. Die waren allerdings nicht so wichtig. Sie sollten nur den Kontext breiter und öffentlicher machen, in dem dann von Papst-Erpressung die Rede sein konnte. Giovanni di Querco stand bei all dem wohl nur im zweiten Glied."

„War dann also dessen Plädoyer für ein ‚perfektes Verbrechen‘ nur Theater?"

„Das glaub ich nicht! Sein Bruder hat das aber wohl aufgegriffen und für seine Zwecke dienstbar gemacht."

„Jetzt sagen Sie nur noch, dass auch der Unfall, den mir gestern ein Auto zugefügt hat, mit zur Inszenierung des ganzen ‚Unternehmens‘ gehörte!"

„Davon weiß ich überhaupt nichts!"

Kurze Pause, dann: „Ich frage mich nur, Eminenza, wieso Sie das alles so ungeniert zugeben. Wenn ich das öffentlich machte oder gar dem Papst mitteilte, wäre Ihre Karriere mit Sicherheit beendet."

Seine Eminenz lächelte wiederum. „Erstens habe ich von Ihnen immer nur als einem anständigen und redlichen Menschen gehört. Wenn Sie mir also zugesagt haben, das Gesagte ‚sub secreto‘ zu betrachten und zu behandeln, habe ich auch das Vertrauen, dass Sie es tun werden. Zweitens bin ich Realist genug, um zu wissen, dass Sie das alles mit der Zeit auch ohne meine Informationen herausgebracht hätten. Und drittens habe ich, wenn Sie auf unser bisheriges Gespräch zurückblicken, bisher nur von *anderen* als Urheber der Vergiftungen und der ‚Papsterpressung‘ gesprochen, und nicht von mir selbst. Von mir selbst habe ich allenfalls nur als ‚Mitwisser‘ geredet."

„Gut! Aber dann geben Sie Ihrem Herzen noch einen letzten Stoß und sagen Sie mir, wer den Commissario Hopkins umgebracht hat. Waren Sie es oder jemand aus Ihrer Umgebung oder Ihrem Sympathisantenkreis?"

„Ganz klar und eindeutig: Nein! Damit habe ich und haben wir nichts, aber auch gar nichts zu schaffen. Ein Mord, von unserem Kreis begangen, ist völlig, völlig unmöglich und indiskutabel. Ich weiß auch nicht, wer der Täter war; ich kann Ihnen da überhaupt nicht weiterhelfen."

„Sie waren damals doch beim Mittagessen mit Commissario Hopkins und dem Regens zusammen. Halten Sie es für möglich, dass der Regens dem Commissario das Gift verabreicht hat?"

„Nein! Absolut nein! Ich habe weder etwas bemerkt, noch halte ich den Regens dazu für fähig."

„Naja, es müsste ja keine Mordabsicht dahinterstehen, es könnte auch eine unwissentlich zu hoch angesetzte Dosis Gift der Grund für die Tötung sein!" Schweigen!

Irgendwie glaubte der Questore dem Kardinal. Deshalb wechselte er das Thema. „Commissario Hopkins hatte Sie damals beim Mittagessen auch über den Priester Don Hippolyte Nguma befragt."

„Ja, ich erinnere mich. Ich kenne seinen Bischof gut. Und wenn der ihn empfiehlt, hat das auch Bestand. Don Hippolyte ist wie sein Bischof ein ‚Vey', er gehört also zu einem afrikanischen Stamm, der außerordentlich tüchtig und intelligent ist. Als die europäischen Kolonialherren kamen, verfügte dieser Stamm bereits über eine eigene Schriftsprache, deren Zeichen von der lateinischen wie von der arabischen Schrift völlig unabhängig sind."

Wiederum kam dem Questore sein vorzügliches Gedächtnis zur Hilfe: Als er vor einiger Zeit mehrmals Afrika besuchte, hatte er sich auch ein wenig mit einer Reihe von schwarzafrikanischen Stammeskulturen beschäftigt, und dabei waren ihm auch die „Vey" aufgefallen. Nicht nur ihre Tüchtigkeit, sondern ebenso noch etwas anderes. Was war das nur noch gewesen? Er dachte intensiv nach, und dann kam es langsam in ihm hoch:

„Sind die ‚Vey' nicht auch dafür bekannt, dass sie sehr auf Anerkennung und Achtung der persönlichen Ehre bedacht sind, weshalb sie Demütigungen aller Art und Verletzungen der eigenen Ehre oder des Stammes nicht hinnehmen?"

„Respekt, Questore! Chapeau! Dass Sie das wissen! Toll! Ja, das trifft zu, obwohl für uns Afrikaner *insgesamt* die ‚Ehre' eine sehr hohe Rolle spielt. Aber ja, bei den ‚Vey' ist das noch einmal in gesteigertem Maß der Fall."

Bei Bustamante kam von fern eine Idee hoch, aber zuvor konnte er sich nicht verkneifen, noch Folgendes vorzubringen: „Eminenza, beim Verhör der beiden Burschen aus dem Preseminario habe ich diese am Ende gefragt, ob sie mal etwas von ‚Ehrfurcht‘ gegenüber der Eucharistie gehört hätten und wie sie das vereinbaren könnten mit ihren Machenschaften beim Austeilen der Kommunion. Der gleiche Gedanke kommt mir jetzt bei Ihnen, nur noch viel intensiver: Sie glauben doch, dass die Eucharistie die größte Gabe Gottes an die Menschen ist, in Englisch: the excellent *gift* of God, aber aus der haben Sie jetzt buchstäblich ‚*Gift*‘ gemacht. Bedrückt Sie das nicht? Aus ‚gift‘ wird ‚Gift‘?“

Seine Eminenz lächelte süßsauer. „Jetzt sind Sie, obwohl – wie ich weiß – Agnostiker, schon wieder bei Ihren merkwürdigen ‚Appellen‘. Mit aller Freundlichkeit: die verbitte ich mir!“

„Nichts für ungut! Man wird ja wohl mal fragen dürfen!“

Da Bustamante seine wichtigsten Fragen gestellt hatte, verabschiedete er sich von „Sua Eminenza“, nicht ohne sich seinerseits herzlich für die Offenheit zu bedanken, von Seiten des wie immer lächelnden Kardinals aber nochmals auf die vereinbarte Verschwiegenheit hingewiesen zu werden.

Da es noch relativ früh am Vormittag war, wollte Bustamante noch einen kurzen Besuch beim Regens des Propaganda-Kollegs machen. Doch war dieser nach Auskunft seiner Sekretärin nicht anwesend, sondern schon seit 2 Tagen in Urlaub. „Ach ja,“ dachte Bu-Bu, „die Ferienzeit hatte ja gerade begonnen!“ Aber da er gerade bei der Sekretärin war, fragte er sie: „Hat der Regens je mit ihnen über die zwei Jungen aus dem Preseminario gesprochen, die für die Vergiftungen an Christi Himmelfahrt verantwortlich sind? Ich hörte nämlich, dass vor einiger Zeit das Preseminario hier im Haus zu Besuch war und die beiden irgendeinen Kontakt zum Regens hatten.“

Ihr Gesicht verfinsterte sich ein wenig, als sie mit einem trotzigen „Nein!“ antwortete. Bustamante, der für solche Reaktionen ausgesprochen sensibel war, hakte gleich „verständnisvoll“ nach:

„Nun, Signorina, ich habe gehört, dass Sie ein äußerst enges Verhältnis zum Regens haben. Da liegt es doch eigentlich nahe, dass er mit Ihnen eventuell auch über solche Angelegenheiten spricht.“

Bevor die Signorina antworten konnte, kamen Tränen in ihre Augen, und sie kramte nach ihrem Taschentuch. Der Questore unterbrach die dadurch entstehende Gesprächspause nicht, sondern sagte nach einer Weile nur äußerst höflich und verständnis-„innig“: „Nun, Signorina?“

Nochmals ein Tränensturz und nochmals sanfte und gewinnende Worte von Bu-Bu, so gewinnend und verständnisvoll, wie sie kaum ein anderer hervorzaubern konnte: „Signorina, mir dürfen Sie wirklich alles sagen!“ Da brach es aus ihr heraus: „Er sagt immer: Er liebt mich. Aber dann, dann … steht er auch noch auf Jungens! Ich halte das nicht mehr aus!“

O Gott, auch das noch!, dachte Bu-Bu: Da geht jetzt tatsächlich die üble Missbrauchstradition des Preseminario, die vor Jahren öffentlich wurde und inzwischen einigermaßen bereinigt war, weiter! Möglich also, dass der Regens es war, der die beiden, Nino und Piergiorgio, vorzeitig aus dem Seminar mitgenommen hatte.

„Wo verbringt denn der Regens normalerweise seine Ferien?“

„Die ersten 2-3 Wochen meist in Castelgandolfo. Hier hat das Collegio Urbano in der Villa Barberini, die einen Teil des päpstlichen Anwesens bildet, seine Sede estiva (Sommersitz). Die Studenten beenden aber erst in einer Woche ihre Vorlesungen und gehen frühestens danach nach Castelgandolfo, so dass der Regens bis dahin die Villa sozusagen für sich hat.“

„Danke, Signorina! Herzlichen Dank! Sie haben mir sehr geholfen. Und Sie werden sehen: Es wird sicher alles gut werden. Arrivederci, ciao!“

Als der Questore den Raum verlassen hatte, musste er erst einmal durchatmen: Jetzt kommt möglicherweise auch noch eine Missbrauchsaffäre ins Spiel! Wohin soll das Ganze nur führen? Nach dem Besuch nahm Bustamante sofort Kontakt zu Msgr. Morreni auf, um mit ihm über den Regens und seine mutmaßliche pädophile Beziehung zu sprechen, wobei „pädophil" vermutlich der falsche Begriff war, korrekter wäre wohl „ephebophil", d.h. geprägt von Zuneigung zu ganz jungen, aber geschlechtsreifen Burschen. Er traf den Monsignore in dessen Uffico im Palazzo del Governatorato des Vatikanstaates. Bevor er ihm berichten konnte, wurde er von diesem gleich mit einer Reihe von Informationen zur geplanten „Gegen-Intrige" gegen die Machenschaften der Kurienmehrheit förmlich überschüttet.

„Alles läuft super! Unser ‚Ständiger Beobachter bei den Vereinten Nationen' und alle seine Mitarbeiter sind bereits in Urlaub, so dass eingehende Post nicht mehr datumsmäßig registriert wird. Du weißt: Das ist ein wichtiger Punkt, um die Intrige der Kurialen zu Fall zu bringen und ins Gegenteil zu verkehren."

Bu-Bu wusste gleich Bescheid und fragte nur: „Und wie steht es mit dem Kontakt zum italienischen Staat?"

„Ebenso alles in bester Ordnung!"

„Na, dann warten wir's mal ab!"

Sodann informierte der Questore über den Regens und die beiden verschwundenen Jungen. Salvatore war mehr als konsterniert und meinte, man solle unverzüglich gemeinsam zur Sommervilla des Propaganda-Kollegs nach Castelgandolfo fahren, um dort womöglich die betroffenen Personen anzutreffen. „Schließlich weiß man ja nicht, was da mit den beiden Jungen passiert."

Als man zur Essenszeit an der Villa Barberini eintraf, machte diese einen unbewohnten Eindruck, alle Türen waren geschlossen, die Jalousien an den meisten Fenstern heruntergelassen. Wenn es hier überhaupt Gäste gab, hatten die sich vermutlich zum Mittagessen in ein Restaurant zurückgezogen.

„Salvatore! Das ist hier päpstlicher Besitz, und Du vertrittst hier juristisch irgendwie den Papst. Bitte, gib mir die Erlaubnis, ich öffne die Tür und wir schauen mal hinein!"

Morreni war einverstanden. So betraten sie die Villa und ebenso die Dienstwohnung des Regens darin. In dessen Gastzimmer sahen sie Bekleidung von jungen Burschen herumliegen. Also traf es zu: Die Verschwundenen waren mit dem Regens hier. Sie verschlossen die Türe wieder und machten es sich auf einer Bank vor dem Haus gemütlich bis zur Rückkehr der Gesuchten, die auch nicht lange auf sich warten ließ. Deren Reaktion war nicht nur äußerste Überraschung, sondern viel mehr: Betroffenheit, verstörte Mienen, Unsicherheit.

Der Questore übernahm sogleich das Kommando: „Ich möchte mit Euch, Nino und Piergiorgio, zunächst allein sprechen. Vielleicht kann der Monsignore das Gleiche mit dem Regens tun!"

Als die beiden gegangen waren, fuhr Bustamante die Jungen mit bewusst harten Worten an: „Jetzt ist endgültig Schluss mit lustig! Die Zeit der Lügen ist vorbei! Jetzt will ich ohne Wenn und Aber, ohne Vorbehalte und Verschweigen wissen, was da wirklich am Himmelfahrtstag auf dem Petersplatz geschehen ist! Los!"

Abwechselnd berichteten dann die Jungen, wobei sie im Grunde nichts erzählten, was er nicht schon wusste: Beim Besuch des Preseminario im Propaganda-Kolleg hatte der Regens bald ein Auge auf die beiden Jungen geworfen. So kamen sie durch ihn in Kontakt mit dem Bruder von Giovanni di Querco, dem Padre Klinger. Der gaukelte ihnen vor, sie könnten dem Papst sehr nützlich sein, wenn sie unter strenger Geheimhaltung bei der Kommunionausteilung auf dem Petersplatz einen harmlosen Giftvorfall auslösten. Der Regens unterstützte das Unternehmen und gab ihnen weitere Anweisungen. Als Belohnung versprach er den beiden, die aus ärmlichen Verhältnissen stammten und noch nie in Urlaub gewesen waren, ein paar schöne Ferientage mit ihm. Deshalb hätten sie einen Tag früher das Seminar verlassen.

„Nun gut," reagierte der Questore, „und was hat sich hier zwischen euch und dem Regens abgespielt?"

Röte überfiel ihr Gesicht, gleichzeitig verkrampften sich merklich ihre Mienen.

„Also?"

Nach langem Schweigen begann Nino: „Sag Du's, Piergiogio!"

„Nein, Du!"

Schließlich begann Nino zu stammeln, der Regens habe ihnen gleich am ersten Abend ziemlich viel Wein vorgesetzt und sie genötigt, ganz viel zu trinken. Dann habe er zu ihnen gesagt, sie könnten jetzt viel Spaß miteinander haben. Er nahm sie mit in sein Schlafzimmer, wo sich alle lang auf den Teppich legten. Dann forderte der Regens sie auf, sich auszuziehen, er wolle ihnen dann einige „tolle" Sachen zeigen. Diese Aufforderung verschlug ihnen die Sprache, und sie weigerten sich, dem zu folgen. Als der Regens dann aber anfing, am Hosengürtel von Nino zu nesteln, wurden sie hellwach. Schließlich war ihnen das Missbrauchsgeschehen im Seminario vor einigen Jahren noch sehr gegenwärtig. So liefen sie einfach dem Regens davon und verbarrikadierten sich in ihrem Zimmer. Am folgenden Tag entschuldigte sich der Regens, er habe einfach zu viel getrunken, so etwas werde nicht mehr vorkommen. Doch schon am Tag darauf lud er sie zum Baden in die kollegseigene Piscina ein und bemerkte: Da man ja ganz unter sich sei, könne man auch textilfrei, also nackt baden.

„Aber das haben wir auch abgelehnt, weil da auch noch die Sache mit dem Padre K^{e}linghére war (so versuchten sie, sich den für Italiener schwer aussprechbaren Namen ‚Klinger' anzueignen)."

„Was war damit?"

„Nun ja," sagte nach einiger Pause Nino, „etwa knappe zwei Wochen nach dem Himmelfahrtsfest kam Padre K^{e}linghére zu uns, weil er erwartete, dass die Polizei nochmals die Vorgänge auf dem Petersplatz untersuchen werde. Er wollte uns genaue Anweisungen geben, wie wir uns da verhalten sollten und was wir genau sagen sollten, wenn wir irgendwie in Verdacht kämen. Er schlug vor, mit uns ans Meer weit hinter Ostia und noch hinter Castelfusano zu fahren. Am Strand dort ging er alle Möglichkeiten mit uns durch. Dann schlug er vor, noch zu baden, nackt, wie es in diesem Bereich möglich und üblich ist. Wir fanden das auch gut, weil wir das selbst schon oft gemacht haben. Das ist viel schöner als mit nassen Badehosen. Aber als wir dann aus dem Wasser kamen und uns in den Sand legten, begann der Padre, uns, … also uns anzumachen. Und das wollten wir nicht und haben uns gleich wieder angezogen und uns von ihm zurückfahren lassen. Deshalb waren wir auch so betroffen, als auch der Regens mit uns irgendwelche porcherie (Schweinereien) machen wollte. Wieso sind das eigentlich immer Priester?"

Als der Regens sah, dass mit den Jungen nichts „anzufangen" war, verlor er – so schilderte es Piergiorgio – alles Interesse an ihnen; er kam nur noch bei ihnen vorbei, um sie zum Essen abzuholen. Ansonsten ließ er sie im großen Haus und weitläufigen Park allein gewähren. Kein Wunder, dass sie sich langweilten und den Questore baten, er möge sie nach Hause bringen.

„Das geht o. K.! Nur müsst ihr das, was ihr mir jetzt erzählt habt, nochmals dem Monsignore sagen. Er wird darüber ein Protokoll anfertigen, das ihr dann zu unterschreiben habt. Und aufgrund dessen werden wohl zwei Verfahren sowohl gegen den Regens wie gegen den Padre wegen versuchten Missbrauchs eingeleitet, ein innerkirchliches Verfahren und im Falle des Regens auch ein staatliches vonseiten des Vatikans. Mal abgesehen von Euren Lügen in Bezug auf das Vergiftungsgeschehen, habt ihr euch, was den Regens und den Padre angeht, völlig richtig, korrekt und sehr, sehr gut verhalten. Ich werde das zu Euren Gunsten auch eurem Direktor des Preseminario sagen."

Eigentlich hatte Bustamante keine Lust mehr, heute noch zum Ufficio zu gehen. Morgen war schließlich auch noch ein Tag. Aber irgendein Bauchgefühl drängte ihn dazu, mal kurz mit dem Auto dort vorbeizufahren. Und dort erwartete ihn tatsächlich eine große Neuigkeit: Man hatte den Autoraser, der ihn gestern mitgerissen hatte, und dessen Beifahrer mittels einer Verkehrskamera ausfindig gemacht. Zwar war der Wagen, ein älterer blauer Sportwagen, gestohlen gewesen. Aber aufgrund der Gesichtsfotos erkannte man die beiden Fahrer sofort, da sie polizeibekannte

„kleinere" Ganoven waren. Als man sie zur Polizeiwache führte, gaben sie unter dem massiven Druck des Verhörs zu Protokoll, dass jemand ihnen ziemlich viel Geld dafür gegeben hatte, in den drei Klöstern das bekannte Spektakel aufzuführen. Und dann habe der Auftraggeber noch hinzugefügt, er wolle sie dafür extra bezahlen, wenn sie den Questore noch ein wenig zusätzlich „ärgern" und „aus der Ruhe bringen" würden. Deswegen hätten sie die Sache mit dem verschenkten Telefonino und dann mit dem Vorbeirasen am Questore unternommen. Über den Auftraggeber selbst konnten sie nichts Näheres sagen, da sich alles nur bei anonymen Treffen abgespielt habe. Doch einer der vernehmenden Polizeibeamten war über die verschiedenen Vergiftungsvor-kommnisse informiert und wusste um die Zuständigkeit der Dienststelle des Vicequestore. Deshalb rief er dort an und traf auf den anwesenden Marco, der ihm sofort ein Foto des Giovanni di Querco zusandte, um es den beiden Ganoven vorzulegen. Und siehe da: einhellig sagten beide aus, das sei ihr Auftraggeber. Aber war es wirklich der Signore di Querco oder vielleicht doch sein Zwillingsbruder Pater Klinger?

Als Marco von der Aussage der Ganoven hörte, reagierte er absolut richtig: Er rief sofort in Basel bei Pater Klinger an und erfuhr über dessen Sekretärin, dass der Pater zwar seit 8 Tagen wieder zurück in Basel sei, doch könne man ihn wegen einer Seminarveranstaltung im Augenblick nicht sprechen. Kein Zwei-fel also, dass der Auftraggeber in Rom tatsächlich Giovanni die Querco war!

Bu-Bu beglückwünschte Marco für seine schnelle und absolut richtige Reaktion und meinte dann: „So war meine Prophezeiung, dass wir dem ‚Vertreter eines perfekten Verbrechens' vermutlich nichts werden beweisen können, doch zu voreilig. Auf jeden Fall können wir ihn nun der Mittäterschaft bezichtigen!"

Erst am Spätnachmittag kam Bustamante nach Hause, kaputt, abgespannt, innerlich leer und unzufrieden bis hin zu depressiv. Da waren das Intrigengespinst des Kardinals und vieler Kurialen, die Machenschaften der Zwillinge, der Missbrauchsversuch des Regens und des Padre Klinger sowie der Sex des ersteren mit seiner Sekretärin, der ungelöste Mordfall von Steve, sein eigener Unfall aufgrund der Raserei eines Ganoven usw. All das belastete ihn. Wieso musste man als Jurist immerfort mit den Abgründen der menschlichen Seele konfrontiert werden? Und wieso waren es oft gerade die „Konservativen", die, welche auf Bewahrung und Einhaltung von Recht und Ordnung insistierten, die dann selbst in tiefe Abgründe stürzten?

Um sich abzulenken, kochte er sich mit viel Liebe „Spaghetti Carbonara", deren Zubereitung er perfekt beherrschte, während die meisten Hausfrauen (und –männer) dabei eine Vielzahl von Fehlern machen. Sie wählen oft den falschen Speck (zu wenig fett!) und machen zu kleine Würfel, oder sie vergessen, einen ganz winzigen Rest Kochwasser in den Nudeln zu belassen (dann werden aus der „Carbonara" ganz leicht „Spaghetti alle uova strapazzate" = „Spaghetti mit Rührei") oder – vor allem! – sie geben viel zu wenig (!!!) schwarzen Pfeffer in das Ganze, wo doch gerade der wie Kohlenstaub aussehende schwarze Pfeffer dieser Speise angeblich den Namen gab: „alla carbonara" = Köhler-Spaghetti. Auch diesmal gelang die „Carbonara" vorzüglich. Selbst Meister Jacob langte kräftig zu und war sichtlich froh, mal wieder, viel länger als sonst, in Gesellschaft zu sein.

„O Roma felix", oder: Die Bombe platzt

Während der Dienstbesprechung am folgenden Morgen informierte der Questore seine Mitarbeiter zunächst einmal über die
vielen Neuigkeiten des Vortags, ohne – wie ausgemacht – seine
Quelle, Kardinal Bezzara, zu erwähnen. Neu war allen natürlich,
dass auch der Vorfall am Himmelfahrtstag schon Teil der großen
kurialen „Intrige" gegen den Papst war. Neu waren auch die
Mitwirkung des Regens und sein übergriffiges Verhalten gegenüber den beiden Jungen. Neu war auch die Einstellung des Jesui-
tenordens gegenüber Pater Klinger, neu war der Hintergrund des
Unfalls von Bu-Bu.

Im Mittelpunkt der Ermittlungen, welche die Mitarbeiter am
Vortag unternommen hatten, hatte bereits Giovanni die Querco
gestanden. Das Resultat: Obwohl vieles dafür sprach, dass die
beiden Zwillinge für die Vergiftung an Fronleichnam verantwortlich waren, fanden sich doch keine stringenten Argumente, um
ein Verfahren gegen sie zu eröffnen. Maximal könnte man vielleicht nur zeigen, dass beide *generell* an den Giftvorfällen betei-
ligt gewesen sein mussten, vermochte aber nicht im einzelnen
nachzuweisen, wer dies oder jenes getan oder angestoßen hatte.
Das war der Vorteil von Zwillingen in einem Gerichtsverfahren!
Damit schien sich das, was Bu-Bu schon einige Tage vorher
„prophezeit" hatte, zu bestätigen: Die These des jungen Juristen
Giovanni di Querco, ein „perfektes Verbrechen" zu begehen bzw.

begangen zu haben, blieb wohl unangetastet. So das Ergebnis von gestern. Aber jetzt, durch die Aussagen der beiden Ganoven und die schnelle Reaktion von Marco war klar: di Querco wird es *irgendwie*, d.h. mindestens in Bezug auf die Vergiftung in den drei Klöstern und auf den Unfall von Bu-Bu an den Kragen gehen.

Bei all dem war man aber in Sachen Ermordung von Steve nicht *einen* Schritt weitergekommen. Allenfalls gewann man den *Eindruck* (mehr nicht!), dass der Tod von ihm und das ganze übrige Gift-Geschehen kaum etwas miteinander zu tun hatten. Die Mitarbeiter hatten gehofft, dass Bu-Bu während seiner Alleingänge am Vortag etwas erreichen konnte. Aber da war die leidige Angelegenheit mit dem Regens dazwischengekommen. So konnte er nur vertröstend auf den morgigen Tag, das Fest Peter und Paul verweisen, er habe da so eine Idee …

„Apropos Peter und Paul! Heute Abend nach der feierlichen 1. Vesper des Festes im Petersdom findet ein außerordentliches Kadinalskonsistorium statt. Hier wird die Seifenblase der Erpressungsintrige rund um die Vergiftungen platzen, die Explosion einer Bombe steht bevor, mehr noch: der Anbruch einer neuen Epoche der Sozialgestalt der Kirche. Ich empfehle euch, die neuesten Nachrichten in den Medien zu verfolgen. Ich selbst bin zusammen mit Msgr. Morreni als Gast des Konsistoriums geladen. Mal gespannt, wie es im einzelnen verläuft! – Und ab morgen, nein, morgen ist ja in Rom staatlicher Feiertag und arbeitsfrei, aber ab übermorgen, nein, auch nicht: da ist ja Sonntag, also ab Montag wird mit Vollgas für Steve ermittelt!"

Die erste Vesper von Peter und Paul, wie sie im Petersdom am Grab des hl. Petrus gefeiert wird, ist ein Höhepunkt der römischen Liturgie: Feierlicher Einzug von Messdienern und Chorknaben in liturgischen Feiertagsgewändern, dann das Kardinalskollegium und andere hochklassige Kurienmitarbeiter, die Schweizer Garde, Vertreter von Provinz- und Landesregierungen sowie vieler Botschaften, dann die Repräsentanten der Stadt Rom und schließlich in einfachen Gewändern der Papst, der sich in diesem „overdress" von Feierlichkeit offensichtlich nicht sonderlich wohl fühlte. Der berühmte Vesper-Hymnus wird angestimmt:

O Roma felix, quae tantorum principum
es purpurata pretioso sanguine!
Excellis omnem mundi pulchritudinem
non laude tua, sed sanctorum meritis,
quos cruentatis iugulasti gladiis.

O glückliches Rom, purpurn gefärbt
durch so vieler großer Menschen kostbares Blut!
Du übertriffst alle Schönheit der Welt,
nicht durch eigenen Ruhm, sondern durch die Verdienste der Heiligen,
die du grausam ermordet hast.

Anschließend an die Vesper zogen die Kardinäle zum Konsistorium in die Sala Leonina. Hinter ihren Sitzreihen hatte man in gebührendem Abstand Plätze für Msgr. Morreni und Vicequestore Bustamante vorgesehen. So konnten beide während des Konsistoriums ungestört miteinander tuscheln und ihre Eindrücke austauschen.

Nach einer formalen Begrüßung begann der Papst seine Ansprache mit den Worten: „Aus zwei Gründen habe ich Sie zusammengerufen. Erstens möchte ich mich bei Ihnen bedanken für den Ausdruck Ihrer unbedingten Treue und bedingungslosen Ergebenheit, die Sie mir in Ihrem anonymen Brief, der aber offenbar von zahlreichen Kurialen approbiert war, haben zukommen lassen. Danke dafür! Danke auch für den Vorsichtsruf, in den dieser Brief einmündet. Er hat sich aber – Gott sei Dank! – als überholt erwiesen, wie ich Ihnen gleich erläutern werde. Ihre unbedingte

Loyalitätserklärung war für mich aber so etwas wie ein Blanko-Scheck, den Weg der Erneuerung weiter zu gehen. Sie gab mir den Mut, Ihnen – und das ist der zweite Grund für dieses Konsistorium – einige meiner Entscheidungen mitzuteilen, die ich aus guten Gründen ohne Ihren vorangehenden Rat getroffen habe."

Während bei den Dankesworten des Papstes ein geradezu bleiernes Schweigen über der Versammlung lastete, kam jetzt bei der Erwähnung weiterer kirchlicher Erneuerungen Bewegung in das Ganze: Manche Teilnehmer suchten offenbar, Sichtkontakt mit anderen aufzunehmen, man hörte Getuschel und Geknurre. Der Papst nahm es lächelnd wahr und sagte:

„,Ὦ ἄνδρες Ἀθηναῖοι, μὴ θορυβήσητε! – ‚Macht mir keinen Lärm, ihr Männer von Athen!', so sprach schon Sokrates, als er in Athen vor Gericht stand und sich durch Bezeugen der Wahrheit verteidigte. Doch muss ich mich vor Ihnen, Gott sei Dank!, gar nicht verteidigen, da Sie mir ja Ihre bedingungslose Loyalität zugesagt haben! Doch ist vielleicht bezüglich einer einzigen Frage eine Klärung notwendig. Es ist die Frage: Geht der Papst bei der Erneuerung der Kirche auf eine Erpressung ein? Folgt er ihr gar? Das würde absolut nicht gehen! Da bin ich ganz auf Ihrer Seite, so wie Sie es schreiben: ‚Eine Erpressbarkeit des Papstes würde nur die Gläubigen in aller Welt verwirren, sie an seiner Integrität zweifeln lassen und sie daran hindern, dem Papst auf seinem Weg zu folgen.' ABER, und das wissen Sie alle am besten selbst, diese These von einer möglichen Erpressung des Papstes ist eine erfundene Mär, um nicht zu sagen ‚blühender Unsinn'. Und davon kann sich jeder zweifelsfrei überzeugen. Denn die Neuerungen, die ich Ihnen gleich ankündigen werde, sind nachweislich samt und sonders bereits vor dem Giftanschlag am Fronleichnamsfest entschieden und auf den Weg gebracht worden. So wurden die Verhandlungen mit dem italienischen Staat bereits zu Ostern abgeschlossen, und mit Datum vom 28. Mai gibt es in unserer Nuntiatur beim Palazzo Chigi (Sitz der italienischen Regierung) einen endgültigen Vertragstext. Ähnliches geschah mit unserer ständigen Vertretung bei der UNO. Sie er-

114

hielt mit Datum vom 27. Mai einen offiziellen Brief von uns, der sie ermächtigt, vor den zuständigen Organen der UNO zu erklären, dass der Vatikanstaat ab dem 1. September seine Eigenstaatlichkeit aufgibt."

Diese letzten Worte schlugen wie eine Bombe ein. Das Gemurmel der Versammelten wurde mit einem Mal stärker, ebenso das Bedürfnis, Sichtkontakt miteinander aufzunehmen und wenigstens im Mienenspiel miteinander zu kommunizieren.

Der Papst fuhr fort: „Das bisherige vatikanische Staatsgebiet (einschließlich der exterritorialen Gebiete) wird gemäß Verhandlungsergebnis mit dem italienischen Staat von diesem hinfort wie das Botschaftsgelände eines fremden Staates betrachtet und genießt damit auch weiterhin eine geminderte Form von Exterritorialität. Bisherige Botschafter bei uns können, falls gewünscht, zu ‚Ständigen Vertretern' werden. Unsere eigenen Nuntiaturen werden aufgelöst und in sogenannte ‚Katholische Büros' verwandelt, an deren Spitze jeweils pastorale Vertreter der Ortskirche stehen, die im Einvernehmen mit uns berufen werden und für den Kontakt zwischen den verschiedenen staatlichen Stellen und den entsprechenden kirchlichen Ebenen zuständig sind."

Eine jetzt einsetzende ganz kurze Pause nahmen Morreni und Bustamante zum Anlass, miteinander zu tuscheln: „Jetzt sind wirklich die kurialen Papstgegner in die ‚eigene Grube gefallen', jetzt sind *die Übeltäter im Netz, das sie selbst gelegt haben, gefangen'*," sagte Bustamante triumphierend. „Der Papst nimmt ihre zwar nicht ernst gemeinte, aber schriftlich formulierte Loyalitätserklärung ernst, so dass sie davon nicht abrücken können. Zugleich erklärt er, dass ein möglicher Erpressungsvorwurf völlig abwegig ist, weil ‚nachweislich' schon vorher alles entschieden war."

„Ja, und das hat er mit den Formulierungen ‚Brief mit Datum vom …' bzw. ‚Vertragstext mit Datum vom …' sehr gut hingekriegt. So konnte er jede Unwahrheit vermeiden. Denn beide Texte tragen ja tatsächlich das genannte Datum. Das war ja sein

Einwand bei unserer Besprechung in der Casa S. Marta: Er wolle auf keinen Fall lügen oder betrügen. Da hatte – Du erinnerst Dich – seine neue Sekretärin die tolle Idee, bei unseren Offizialen an der UNO und beim italienischen Staat nachzufragen, ob sie und ihre Dienststellen vielleicht schon in Urlaub sind, so dass auf der ankommenden Post kein Einlaufstempel mehr angebracht werden kann. Wenn jetzt einige Kardinäle das Ganze überprüfen, finden sie es so, wie der Papst gesagt hat. Die Dokumente tragen tatsächlich das angegebene Datum, das viel weiter zurückliegt als der ‚Erpressungsvorwurf‘. Und wenn sie keinen Empfangsstempel tragen: ‚mal’esh‘, sagen die Araber, ‚da kann man nichts machen‘; es ist halt die für uns Italiener ‚allerheiligste‘ Urlaubszeit!"

Mittlerweile hatte der Papst schon weitergesprochen: „ … werden Sie verstehen, dass außer einer gewaltigen Kosten- ersparnis, die jetzt den Armen zugutekommt, das Ganze nur ein Ziel hat: die Kirche auf das Evangelium hin auszurichten, sie auf dem Weg Jesu zu halten und ein besseres Zeugnis davon abzulegen, dass sie zwar ‚*in* der Welt, aber nicht *von* der Welt ist‘. Weitere Schritte werden noch folgen, ja werden folgen müssen. Aber ich danke Ihnen jetzt schon für Ihre Treue und Loyalität und bitte Sie weiterhin darum!"

Kaum hatte der Papst das letzte Wort gesprochen, begann auch schon der Kardinalstaatssekretär zusammen mit einigen wenigen anderen begeistert zu applaudieren. Erst mit etwas Verspätung und ganz allmählich setzten auch die übrigen mit einem schwachen, offenbar nur der Höflichkeit (vielleicht auch der Klugheit) geschuldeten Klatschen ein. Das Konsistorium war beendet.

Gedankenschwer ging Bustamante nach Hause. Da hatte der Papst einen gewaltigen Mut gezeigt: Er hatte mit einer Altlast, die fast 1700 Jahre die Kirche in Freud und Leid mit sich herumgeschleppt hatte, nämlich mit dem Kirchenstaat, endgültig gebrochen, auf dass die Kirche hinfort mit „leichterem Gepäck" durch die Welt gehen konnte! Wird die Mehrheit der Katholiken ihm darin folgen? Konnte man jetzt schon zufrieden sagen: Ende gut, alles gut?

Mindestens für Bu-Bu galt dieses Wort noch ganz und gar nicht. „Alles gut" konnte erst sein, wenn man auch den Mord an Steve aufgeklärt hatte. Dazu griff er einen Gedanken des vorgestrigen Tages auf und überlegte, mit welchen psychologischen Mitteln er diesen in die Tat umsetzen könnte. Immer wieder neue Szenarien spielte er durch, und das beschäftigte ihn so sehr, dass er, zu Hause angelangt, nach dem Verzehr von einigen Happen aus dem Kühlschrank nur noch eines tat: gedankenverloren an der Orgel herumzuspielen, um nicht zu sagen: herumzuklimpern, und dabei an den morgigen Tag zu denken.

Ende gut, alles gut!

Schon früh am Morgen machte der Questore sich am Tiber entlang Richtung Gianicolo auf den Weg. Die Stadt war menschenleer, außer einigen Taxen waren auch kaum Autos unterwegs. Der nur in Rom geltende staatliche Feiertag Peter-und-Paul war für die meisten Römer eine willkommene Gelegenheit, sich mal gründlich auszuschlafen und vielleicht später, viel später ans Meer zu fahren. Denn bei der derzeitigen Wassertemperatur von ca. 23° ging ein Römer nur während der Mittagszeit an den Strand, wenn die Sonne vom Himmel her senkrecht herunterbrannte.

Gemütlich stieg Bustamante am Gianicolo die Steige zum Collegio Urbano di Propaganda Fide herauf und versuchte, ohne Voranmeldung, sozusagen auf gut Glück, Don Hippolyte einen Besuch abzustatten. Und tatsächlich war der Priester aus Liberia auch anwesend. Völlig bestürzt von dem unerwarteten Besuch, war er bereit, dem Questore einige Fragen zu beantworten. Bu-Bu machte es sich im angebotenen Sessel bequem und begann ganz ruhig und locker einen nichtssagenden small talk (Wie geht's? Haben Sie sich schon ein wenig an Europa gewöhnt? Und ans Klima? Und was macht das Studium? usw. usw.). Dann aber fragte er urplötzlich und im gleichen ruhigen und lockeren Ton:

„Sagen Sie, Don Hippolyte, haben Sie einen Rosenkranz aus Perlen des sogenannten Paternoster-Baums?"

Die Frage schlug ein wie ein Blitz! Das Gesicht des jungen Geistlichen verkrampfte sich und zeigte trotz seiner dunklen Farbe eine gewisse Röte. Seine Antwort kam wie ungewollt aus ihm heraus: „Jjjja!" Aber darauf korrigierte er sich ganz schnell: „Den habe ich aber zu Hause in Liberia!"

Die Stimme des Questore blieb ganz ruhig, ja geradezu gütig: „Schauen Sie, in ein paar Minuten könnten hier einige Beamte eintreffen, die Ihr Zimmer und all Ihre Sachen auf den Kopf stellen. Ich bin ziemlich sicher, dass die dann einen solchen Rosenkranz bei Ihnen finden werden, und zwar einen, bei dem ein paar Perlen fehlen."

Tiefes, lastendes Schweigen machte sich breit. Es wurde schließlich von Bustamante, der wieder einmal auf dem Höhepunkt seiner psychologischen Tricksereien war, unterbrochen durch die Frage, die er in einem äußerst respekt- und mitleidsvollen Ton formulierte: „Hat Commissario Hopkins Ihre Ehre wirklich so tief verletzt?" Dabei war nicht klar, ob dieser Ausdruck von Respekt und Mitleid nur gespielt oder ehrlich gemeint war. Das wusste nicht einmal Bu-Bu selbst.

Jedenfalls war dies der Augenblick, wo es aus dem jungen Geistlichen nur so herausprudelte, gleich einem Fluss, dessen gestaute Wassermassen plötzlich entfesselt wurden: Steve hatte dem afrikanischen Priester erst telefonisch und dann am folgenden Tag auch in persönlichem Gespräch vorgehalten, am Giftanschlag des Himmelfahrtstages mitgewirkt zu haben. Statt vorsichtig zu fragen, hatte Steve ihm – „verhör-taktisch", wie man in Polizeikreisen zu sagen pflegt – gewissermaßen eine Beteiligung unterstellt. So empfand es jedenfalls Hippolyte. Und vielleicht hatte der Commissario ja auch wirklich zu wenig das Ehrgefühl eines Afrikaners und dazu noch eines Vey berücksichtigt. Gerade im Stammesgebiet der Vey mussten Anschuldigungen entweder bewiesen werden, oder der Beschuldigte hatte das Recht und die Pflicht, bei unbewiesenen und falschen Anschuldigungen Schadenersatz zu fordern und evtl. den Kläger persönlich zu bestrafen. Als Hippolyte dann mitbekam, dass der Commissario zusammen mit Regens und Kardinal speiste, machte er sich daran, zwei hochgiftige Perlen seines Rosenkranzes zu zermörsern, in der festen Absicht, damit nur eine mittelschwere Vergiftung herbeizuführen. Wie das genau geschehen konnte, wusste er im Augenblick der Zubereitung des giftigen Pulvers noch nicht, hielt sich aber mal in der Nähe von Speisesaal und Küche auf. Als dann der Polizeibeamte nach dem Essen einen Espresso wünschte, machte sich der Afrikaner in der Küche zu schaffen und schüttete etwas von dem hergestellten Pulver in den Kaffee.

Da er tags drauf von dem ganz und gar nicht beabsichtigten Tod des Commissario erfuhr, war er tiefbetroffen und sandte vom PC eines Internet-Cafés in Trastevere aus die bekannte e-mail.

Jetzt saß der Priester wie ein Häufchen Elend vor dem Questore. Irgendwie hatte er Mitleid mit ihm. Aber was konnte er anderes tun, als ihn bis zum völligen Abschluss der Beweisaufnahme in Untersuchungshaft zu nehmen. Bu-Bu war sich sicher: Ein Gericht würde dem Afrikaner dann wohl etliche Entschuldigungsgründe zubilligen und ihn vielleicht sogar nur zu einer Bewährungsstrafe mit gleichzeitiger Abschiebung nach Liberia verurteilen. So nahmen zwei telefonisch herbeigerufene Beamte Don Hippolyte fest, nachdem der Questore ihm zuvor noch Mut zugesprochen und eine relativ leichte Strafe vorausgesagt hatte.

Galt jetzt: „Ende gut, alles gut?" Nein, so konnte das Ganze nicht enden! Wieder zu Hause angelangt, rief Bu-Bu seine Sekretärin an, ob wenigstens sie oder besser noch auch die anderen Mitarbeiter Zeit und Lust zu einem gemeinsamen Abendessen hätten, zu dem er sie alle gern einladen würde. Rosalinda war über seinen Anruf hocherfreut, hatte sie selbst doch schon zuvor beim Vice angerufen, um ihn über einen Anruf des Innenministeriums vom Vorabend zu informieren. Das Ministerium sei damit einverstanden, dass Carla und Fil die Nachfolge von Steve anträten. Die entsprechenden Urkunden würden in nächster Zeit versandt. Bu-Bu war ganz außer sich vor Freude. Dann fügte Rosalinda noch hinzu, statt die Einladung des Questore anzunehmen, möchte sie gern dem Team einen sehr speziellen Grillabend auf ihrer Terrasse anbieten.

„Ich habe vor zwei Wochen von meinem Bruder, der einen ‚Entenhof‘ bewirtschaftet, drei geschlachtete und küchenfertig ausgenommene Enten geschenkt bekommen, die jetzt mit anderen Köstlichkeiten in meiner Kühltruhe ruhen. Die könnten wir vom Schlaf wecken und auf dem Grill zubereiten. Wenn Du nur ausreichend Wein mitbringst! Denn in dem Punkt bist Du ja so empfindlich, dass ich es gar nicht erst wage, Dir von meinem Wein anzubieten.“

Was sollte der Questore da anderes sagen und tun als von Herzen zuzustimmen. Als er bei Rosalinda eintraf, hatten, trotz der so kurzfristigen Einladung, tatsächlich alle Mitarbeiter ohne Ausnahme Zeit gefunden, einen herrlichen gemeinsamen Grillabend zu feiern. Ja, Rosalinda hatte sogar ein Foto von Steve auf einen der Tischplätze aufgestellt. „Ich bin sicher,“ sagte sie, „der schaut uns jetzt vom Himmel aus zu und freut sich mit uns zusammen!“

Jetzt galt wirklich nicht nur „Ende gut – alles gut!“, sondern auch die spezielle chinesische Variante dieses Wortes: „En _t_ e gut – alles gut!“

Hinweise

Natürlich ist die Story dieses Buches frei erfunden, doch hat sie als realen Hintergrund tatsächliche Zustände und Vorgänge an der päpstlichen Kurie und im Vatikanstaat. Deshalb entsprechen auch viele Schilderungen über Konflikte und Zwistigkeiten an der Kurie sowie die Angaben über den „Reichtum der Kirche" bzw. über die Vermögenswerte und das Budget des Vatikanstaates (S. 64f) im Wesentlichen den Tatsachen. Ebenso sind viele kirchengeschichtliche Fakten (vom Kirchenstaat bis zum „Katakombenpakt") und kuriale Details (z.B. über das Briefpost-Management des Staatssekretariats) real „geerdet".

Auch sind alle Zitate, welche bekannten Namen zugeordnet sind (z.B. das von Kardinal Sarah (24f), Kardinal Koch (62), M.-D. Chenu (62), P. Fr. Ehrle SJ (65) usw. usw., wörtliche oder quasi-wörtliche Wiedergaben aus authentischen Quellen. Das Zitat auf S. 89 ist einem an mich gerichteten anonymen Schreiben entnommen.

Und wie immer wird in meinen Krimis die Trattoria „Da Romno" in Vallepeitra erwähnt. Sie existiert in Wirklichkeit und ist auch weiterhin überaus empfehlenswert (Nebenbei: Für diese Werbung erhalte ich keinerlei Gegenleistung; die Inhaber wissen nicht einmal, dass ihr Gasthof hier und auch sonst in meinen Büchern Erwähnung findet).

Gisbert Greshake